張夢機著

# 近體詩發凡

李漁叔題

中華書局印行

# 李序

門人張夢機碩士、姿稟穎異、方漁在國立臺灣師範大學講授詩學時、夢機年纔弱冠、屬句最爲秀拔、甚賞異之。其後數年、治學益勤、尤於古今詩學、探源泝流、多所采穫。漁每爲開述詩中得失利弊、及約句準篇之法、夢機輒能發揚紹述、繼以深思博辨；積兩年之力、撰近體詩發凡、都八萬言、一時師友交相稱許。其分章論述、鉤深探微、法度羅列、按之悉在指掌、蓋善乎其說詩也。

自沈休文創爲四聲八病之說、詩律愈細、詩體亦隨之日繁。降及初唐四傑以逮沈宋諸家、五七言近體詩遂燦然大備。其間傑出者、尤推李太白杜少陵。太白才高、繩檢所不能拘、而少陵則持律至嚴、法度精密。元微之工於論詩者、乃謂李白壯浪縱肆、擺去拘束、誠可差肩子美、若其風清調深、屬對律切、李尚不能歷其藩翰、況壺奧乎等語。嘗以爲微之持論抑揚太過、未免稍涉辭家門戶之習；及久而細味斯言、始知其識解精當、固確乎莫之能易也。夫微之爲此言、非以李之才有所不逮、特其風調格律不若杜之精能已耳。或有謂少陵之爲詩、原自有其堂堂者在、至於風調格律、初非詩之全體大用、亦何可以此而局杜公、乃微之獨斤斤言之、其能免於元好問僅識珷玞之譏乎。不知自有詩人以來、持律之細、守法之嚴、皆莫杜若、而其晚年律細、又嘗自言之以示後人、則杜之開闔變化以至飛騰絕跡、實自其嚴守格律而來、嚮令舍風調格法以求杜公、以太白之才、尙不逮遠甚、於恒人從可知矣。是知文章之道、必繩於法而後可以縱其才、必極其才而後可以裁於法、若徒法以造文、猶犬羊之鞹、使昧法而屬句、則驅烏合之衆以爲戰而已。

夢機此篇於近體詩格法、言之略備、而囊底之智未竭也、他日倘並各體詩綜論之、當更有裨於藝苑、旣以屬望於夢機、且冀其繼今益自奮於學、而毋以此自囿也。

中華民國五十九年五月李漁叔

# 成序

張君夢機。天禀沖和。風儀雋爽。志橫渠兩銘之學。好平子四愁之吟。嘗問字於吾友李漁叔先生。一時有雄芭之譽。頃以所撰近體詩方法研究。乞序於余。蓋此原爲君之碩士論文。曾經漁叔教授審定者也。八章粲列。六義昭宣。踵匡說而解人頤。仿紀批而彰律髓。攤羣書於几案。幾枯照夜之螢。示初學以津梁。不愧識途之馬。至君自製古近各體。則金鍼早度。錦段同鋪。得氣之清。緣情而靡。譬九霄之鸞鳳。翩爾多姿。如初日之芙蓉。自然可愛。尤足徵其善參活句。雅具別才。而無忝於述作之任焉。華編乍展。倦眼增明。因識數語於簡端。且爲漁叔之得傳人賀也。

中華民國五十八年八月中澣成惕軒

近體詩發凡

# 吳序

張君夢機、才質淸美、雅嗜吟詠、受業於漁叔教授之門。漁叔夙以詩鳴海內外、以是備聞緒論、克審精微。間亦從余商略句律、玄思勝解處、輒能妙契於言詮之表、洵篤學穎悟士也。頃以其碩士論著近體詩方法之研究成書請序。余覽其書、凡近體之格律、意理、篇章、字句、與夫剛柔、虛實、開闔之法、莫不尋繹軌則、批導款竅、所以豁蒙昧而度金針者、釐然有當、洵詩學津梁之作也。

溯詩之始興、寧有所謂法者？卿雲擊壤之歌、三百篇思婦勞人之作、皆自鳴天籟、不假鑪錘、逮漢魏至唐、作者寖多、詩體大備、且爲世所貴而其用日廣。操觚之士、研精極思、以期各擅勝場、於是詩法之說起。鍾嶸詩品、皎然詩式、齊己之風騷旨格、嚴羽之滄浪詩話、下逮漁洋平仄論、秋谷聲調譜等、蓋不可僂指數。世愈降而詩愈精、詩愈精而法愈密、至有謂詩法興而詩亡者。良以雕琢既工、醇漓攸判、人籟彌滿、天籟斯稀、遂去古遠矣。持此論者、雖近激偏、要非無故。余以爲後世之詩、研法以求精、爭工以角勝者、殆理有固然。蓋渾淪元氣之鍾、今不逮古；而極妍盡態、百家在前。後之作者、惟事格法技巧之變、冀軼前修、此時會必然之趨而莫能挽者也。至於返璞還醇、端賴氣稟學殖之充養，咎非在法。世間萬事，法自具陳，詩又焉能外也。

雖然，法者，筏也。假筏以渡，彼岸既登，筏則宜捨。法執不破，纏縛反多，釋氏論之審矣。清王概之論畫曰：「或貴有法，或貴無法。無法，非也，終於有法，更非也。惟先矩度森嚴，而後超神盡變。有法之極，歸於無法。」斯言也，蓋能自法入而又能自法出者。自法入，始克依規矩而成方圓。自法出，則不煩繩削而自合。繞指之柔，中經百鍊，精能之至，動合自然，有法而無法，無法而有法，箇中三昧，熟悟深參，庶足以神乎法之功用矣。

夢機此書，意闡詩法。余恐人泥之而不知出也，爰申前說，以質解人。耽吟之士，循矩度而詣高明，是則在乎善學之者也。

已酉孟秋吳萬谷序

# 自序

詩緣情綺靡。其感春而思。遇秋而歎。形諸吟詠。託之比興。鬱搖之志聿宜。炳烺之辭斯著。故古之善詩者。鏗鏘足以動金石。幽眇足以感鬼神。揆厥所由。殆卽白太傅所謂情根義實有以致之歟。然則茲編之撰。略詩之諸體而獨言律絕。復略律絕之境界風格而獨言方法。其爲涂徑也既隘。而於詩之爲道也益不足觀矣。惟自鼎革以後。新潮陵蕩。文苑塵靋。浮囂之徒。甚至痛詆舊詩。目爲雲岑絕崖。雖捫蘿攀援。末易及焉。懼畏既生。遂少問津。且歷來詩話之作。或抉微過玄。而堂奧莫窺。或觀海一瓢。而浩瀚難測。以致稱述品藻。期能明其法脈而縷析條分者。於時尚闕。因不揣庸愚。撰成斯編。或當貢芹。敢云探驪。雖然。法不能憑虛而立。當以情意爲主。使人見法而適愜其情意之用。要之。不以意從法。而以意運法。惟妙爲運用。乃可無往不宜。若拘泥章脈。墨守町畦。則天機盡失。爲法所窘。其高者失之捕風捉影。而卑者坐於黏皮帶骨。死在句下矣。操觚者其可忽乎哉。夢自弱齡。卽耽吟詠。雲根臥讀。燈樓攤卷。窮年累月。靡間昕宵。然於詩之理境體格。猶未能深識也。及冠。始獲執贄花延年室。於茗溫芸香之際。幸聆麈譚。飫聞高論。然後知今日之是。而悟前日之非。因盡捐舊學。爬梳詩話。撮陳體要。抉蘊闡幽。歷時二載。始告殺靑。自知淺陋。無當高明。淹雅君子。幸敎益之。

己酉端午湘西張夢機思軒序於雙紅豆廬

# 目錄

# 第一章 論鍊意

夫詩之爲物、無論何體、俱以意爲主。意者帥也、無帥之兵、謂之烏合、故詩貴鍊意、句意佳妙、乃躋作者之堂、否則、徒求句字之工巧、則優孟衣冠而已。唐賢於此、已偶有闡發、如釋皎然詩式、司空圖詩品是。其後論詩者承之、或主淵雅峻切、或言雅鄭淳漓、要皆以鍊意爲貴、所惜者、語簡意賅、又欠範例、殆其病也、如姜白石詩說云：「詩有四種高妙、一曰理高妙、二曰意高妙、三曰想高妙、四曰自然高妙。」楊載詩法家數論立意曰：「要高古渾厚、有氣概、要沉著、忌卑弱淺陋。」所論允稱精絕、惟立言抽象、造詣精深者、或可心領神會、而初習操觚何從悟入乎。自來鍊意之法、其端固多、未遑博考、玆不飾淺學、略舉數點、試拈形而下者、以明形而上、而窺鍊意之門徑焉。

## 甲、愼命意以臻高格

詩以情意爲主、文詞次之、聲調又次之、格法最下。情至意高、雖辭句平易、亦臻高格、故作詩之初、首須命終篇之意、庶乎意正思生、然後擇韻而用、則必如武穆用兵、方陣有序矣。

王靜安著人間詞話、嘗論抒情達意之法、其言曰：「詩人對於宇宙人生、須入乎其內、又須出乎其外、入乎其內、故能寫之、出乎其外、故能觀之。」樊志厚人間詞乙稿敍亦云：「文學之事、其內足以攄己、而外足以感人者、意與境而已。上焉者意與境渾、其次或以境勝、或以意勝、苟缺其一、不足以言文學。原夫文學之所以有意境者、以其能觀也、出於觀我者、意餘於境、而出於觀物者、境多於意、然非物無以見我、而觀我之時、又自有我在、故二者常互相錯綜、能有所偏重、而不能有所偏廢也。」兩說相互發明、吾人如能洞悉其意、於作詩之道、思過半矣。

觕略言之、詩意之所貴者有三：曰眞、曰曲、曰新。意眞者、句中著我、無論抒志寫景、皆能不爲他人所假借。夫詩本乎情性、與其矯飾、無寧適切、姚永樸言：「文學家必獨有遭際、獨有時世、著之於辭、彼此必不能相依。」本師湘潭李漁叔先生亦曰：「詩中之意、其要有三、融合義理、一揆於正、一也；述志爲本、辭必己出、二也；因時立言、必有關係、三也。」二說析論詩中命意之本旨、皆深中綮要、其中辭必己出一語、卽眞切之謂也。如杜詩云：「吾將罪眞宰、意欲剗疊嶂。」按前代以蜀爲天險之國、易憑險而造亂、時杜甫羈蜀、親歷內亂、此詩之作、其意固灼然可見矣。若太白之「剗卻君山好。」與「一拳搥碎黃鶴樓、兩腳踢翻鸚鵡洲。」則徒作豪語、了無深意、所謂搥碎踢翻者、是不可已矣乎。又陳石遺序鄭海藏詩話云：

若雪滿山中、月明林下、函關月落、華岳雲開、皆所謂「干卿何事」者、抑人人適秦、皆有一聯、放翁云：「老夫合是征西將、胸次先收一華山。」則眞能負之而走矣。

前舉諸詩、但工景致、與作者全無干涉、放翁之作、則豪情勝概、並寓句中、石遺譬之、以其關係自家情性也、至侈陳景物、情意兩乖者、雖工亦可不作矣。

意曲者、句中無其辭、而句外有其意、使人思而得之也、如楊萬里甲申上元前西歸見梅作云：

官路桐江西復西、野梅千樹壓疏籬。
昨來都下筠籃底、三百青錢買一枝。

蓋西歸見千樹梅花、遍壓疏籬、無人顧盼、而一至都、一枝竟值三百錢、由此以見人世之貴賤顯晦無常、意在言外。杜詩如：「東歸貧路自覺難、欲別上馬身無力。」上有相干之意而不言、下有戀別之意而不忍、又「朋酒日歡會、老夫今始知。」嘲其獨遺己而不招也、皆用曲筆、言外見意。

詩貴意新、梅聖俞曰：「詩學雖率意造語、亦難、若意新語工、得前人所未道者、斯爲善也。」是知詩有新意、輒臻佳境、如王維送沈子歸江東詩云：

楊柳渡頭行客稀、罟師蕩槳向臨圻。
唯有相思似春色、江南江北送君歸。

相思無不通之地、春色無不到之鄉、相思如春色、則從君所適而之、差足慰耳。尋常之語、出若無意、而常人卻百思不得、想像及此、妙極矣。

## 乙、得理趣以歸平淡

吟詠而有組織之妙、則其製作、或險勁、或精巧、或華艷俊逸、或清麗高勝、皆因心象意、各成面目、惟最難工者、平淡而已、故梅聖俞和晏相詩云：「因令適情性、稍欲到平淡、苦詞未聞圓、刺口劇菱芡。」言到平淡處甚難也。

平澹云何、情涵濡而意遠、心深邃而貌澹、故詩到平淡處、必心迹曠如、疏宕空明、沖和深粹、出於自然、芥子園畫傳所謂有法之極、歸於無法、不唯繪事也、衍之詩義、理亦然耳。蓋作詩欲造平澹、當自組麗中來、學者初習操觚、每好穿穴險固、爭奇爭變、或使氣象崢嶸、五色絢爛、及至工夫漸深、落其紛華、而後乃造平澹、然詩中固已自涵韻味、深饒理趣矣、錢虞山云：「詩到眞處必平、平到極處卽奇。」善哉其言也。

頗聞近世之人多作拙易詩、而自詡爲平淡者、蓋拙易詩雖亦老嫗能解、但往往傖俗、而平淡之作、輒富理趣、其覘拙易、何啻雲泥。夫理趣之來、常由舉一反三之法、然所舉者事物、所反者道理、譬之鳥語花香、而浩蕩之春寓焉、眉梢眼角、而芳悱之情傳焉、舉萬殊之一殊、以見一貫之無不貫、所謂理趣者、此也。故富於理趣之詩、說理大抵在似盡未盡之間、而言外又覺有無限隱涵者、如杜甫「水流心不競、雲在意俱遲。」著語不多、理趣全賅。誦賀知章「兒童相見不相識、笑問客從何處來。」亦因有老大悲鄉之意。吾人就其理趣、探本尋源、當可得其餘意矣。要之、詩之理趣、說虛不虛、亦玄非玄、如水中鹽、蜜中花、體匿性存、無痕有味、現象無象、立說無說、所謂冥合圓融者也、習者深揣夫此、則所爲詩、庶可臻語近情遙、心深貌澹之境矣。

## 丙、藉無理以生妙意

寫情能到眞處好、能到癡處亦好、癡者、思慮發於無端也、情深則往往因無端之事、作有關之想、使詩意無理而愈妙也。吾人瀏覽詩詞、間或有情理悖謬、乖常違俗之作、然深加體味、乃覺美妙靈動、賀黃公皺水軒詞荃云：「唐李益『嫁得瞿塘賈。』云云、子野一叢花末句云：『不如桃李、猶解嫁東風。』此皆無理而妙。」思慮發於無端、是無理也、然因而愈見其情深、則是妙矣。鄒程村云：「張子野『不如桃李、猶解嫁東風。』詞荃謂其無理而妙、義門『落花一夜嫁東風、無情蜂蝶輕相許。』愈無理而愈妙、試與解人參之。」兩說新穎奇異、深中竅要、蓋人情當愈癡之時、本來愈遠於理耳。按李益江南曲云：

嫁得瞿塘賈、朝朝誤妾期。
早知潮有信、嫁與弄潮兒。

謂妾自嫁瞿塘之賈、誰知其竟經商而去、年久不返、遂至朝朝誤妾佳期、何無信也、夫有信而不失者、惟江上潮耳、早知惟潮有信、則當嫁與弄潮兒、庶乎妾之期不至於誤也。小婦人專注於情、惟慕弄潮兒之乘潮有信而已、他不復計、無理中另有情致、乃亦予人以尖新奇麗之感、致足取也。

隨園詩話云：「余常謂詩人者、不失其赤子之心者也、……『老僧只恐雲飛去、日午先敎掩寺門。』近人陳楚南題背面美人圖云：『美人背倚玉闌干、惆悵花容一見難、幾度喚他他不轉、癡心欲掉畫圖看。』妙在皆孩子語也。」意涉無理、翻見情癡、是知所謂無理者、特於理多一曲折耳。

嘗聞文學之構成、其因素不外三端、曰感情深摯、曰思想卓越、曰形式綺麗。三者之中、感情尤爲樞軸、吾人「遵四時以歎逝、瞻萬物而思紛、悲落葉於勁秋、喜柔條於芳春。」一皆因情感而發、故援筆賦詩、時得佳章、陸機文賦曰：「詩緣情而綺靡。」一洵確論也。夫詩者、人之情性也、情性屬於心靈活動、其始也、須有意象、而後外射於作品、盡摹厥象、其所以致此之由、實賴於作者之想像力、陸機曰：「罄澄心以凝思、眇衆慮而爲言、籠天地於形內、挫萬物於筆端。」作者倘能精鶩八極、心遊萬仞、斯足以達情感之眞蘊矣。賦詩得無理之妙者、厥理殆同、蓋於剪裁時、恃心理上之分想作用、爬梳抉擇、棄瑕錄瑜、於創作時、則恃聯想工夫、以融合貫通、因內符外。故深於情者、常低徊委婉以出之、使詩意跌宕轉折、彷彿經行於千峰萬壑之間、時得山重水複、柳暗花明之趣、是知詩之無理而妙者、多因聯想之深微所致、深微之極、常使人不獲追循其踪跡、而疑其不當於理、然則雖曰礙理、卻又翻覺其鞭辟入裏、透徹精警、酷近於情、終至無理而妙矣。

詩以無理見妙、夸飾亦爲一法、夫文詞之士、旣鍛鍊其辭意、求爲驚策以驚人、故文學往往富夸大性、吳雨僧詩學總論：「柳宗元詩：『一身去國三千里、萬死投荒十二年。』又陳其年詩：『百年骨肉分三地、萬死悲哀併九秋。』夫二人之艱難困苦、雖至其極、然尚未死、卽人死亦只一次、乃曰萬死、是切摯之筆也……切摯有二法、或加增其數量、或改易其事理、所謂改易其事理者、卽詩人感情深摯激切之時、所言與眞理實象不合、與世中常情相悖、而寫來又但覺其逼眞、而顚撲不破是也。」使夸飾確出於作者情性之眞、其感人固所宜也、惟夸飾亦必有節、若不恤情性之原、增之靡足、誕而不經、逾其限度、則往往令人失笑矣、此謂過猶不及、固不如允執厥中也、文心雕龍云：「飾窮其要、則心聲鋒起、夸過其實、則名實兩乖、若能酌詩書之曠旨、翦揚馬之甚泰、使夸而有節、飾而不誣、亦可謂之懿也。」彥和之論、信爲不誣。

## 丁、明時空以取變化

作詩不外時間空間之互爲錯綜、請以杜工部秋興八首略明之：空間爲題目所及之境、以秋在夔州、故江間峽口、山郭孤城、鳥道極天、猿聲下淚、則皆夔府之所有、不可移之他處者也。時間爲題目所當之候、以興由秋發、故蓮露菰波、荻花楓樹、清秋飛燕、八月隨槎、則皆三秋之時、不可移之春冬者也。雖然、時空關係尤貴變化、善變化者、即縱橫千里、往來古今、亦皆可入往復低徊之筆、得掩抑生姿之趣、譬諸工部之八陣圖：

功蓋三分國、名成八陣圖。
江流石不轉、遺恨失吞吳。

於盛唐之時、覘魏蜀吳之局面、已爲歷史陳跡、聞八陣圖在當時、雖具開闔變化之勢、然於今日之所遇、則惟賸江濱亂石、已非復當年空間矣。第三句之一轉、直如大江傾瀉、結句謂先主若無伐吳之舉、則漢事猶有可爲、孔明鞠躬盡瘁、卒無成功、此所以爲孔明之遺恨耳、回應題旨、惆悵莫名。通首以時空互爲錯綜、跌宕生情、讀後益令人盪氣廻腸。又如李義山夜雨寄北詩、最具時間變化：

君問歸期未有期、巴山夜雨漲秋池。

何當共剪西窗燭、卻話巴山夜雨時。

夫於歸期、已不敢預計、而今巴山聽雨、水漲秋池、情景凄涼、更屬懷人之候、緬念將來、當待何日方可與君相晤、共剪燭於西窗之下、轉更閑敍今日夜雨情景耶？此處懸想將來共話之情、遙企西窗剪燭之樂、正以見巴山夜雨之苦、明縱暗收、時間游移、若微波漣漪、往復生姿也。

詩中空間之變化、有由遠漸近者、譬之影劇、如欲演古寺老僧、則取鏡攝象、必自崇山峻嶺始、而後平林遠澗、而後破廟寒牕、終至老僧坐禪、鏡頭推移、壓縮成趣。文中如歐陽修之醉翁亭記、首段從環滁皆山、單出西南諸峰、復從西南諸峰、單出瑯琊、即入瑯琊、行六七里、見釀泉瀉於兩峰之間、及臨泉上、有亭翼然、則醉翁亭也、從山出泉、從泉出亭、層層剝落、終見題旨。詩中如柳宗元江雪詩：

千山鳥飛絕、萬徑人蹤滅。
孤舟蓑笠翁、獨釣寒江雪。

千山萬徑、氣象濶大、孤舟漁翁、垂綸江雪、畫面逐漸收縮、層遞得法、末句扣題、畫龍點睛、眞詩中之張僧繇也。至於空間由近及遠者、則與前者適得其反、如王安石書湖陰先生壁詩云：

茆簷長掃淨無苔、花木成畦手自栽。
一水護田將綠繞、兩山排闥送青來。

茆檐爲己居之處、花木成畦、仍在院中、惟取景似較茆檐爲遠、一水護田、分明已隔院外、而兩山排闥、則更隔一水之外矣、由近而遠、層層推展。

雖然、詩法仍須有空間時間感想、與借題發揮四事之綜錯運用、倘僅重時空、義必空陳、殆亦爲無靈魂無眞氣之軀殼耳、近人何敬羣益智仁室論詩隨筆於此闡述甚備、其言曰：「譬之宮牆然、時間空間、則宮室地境穹蓋牆壁也、感想、則居之之人、借題以發揮、則居人利用此宮室、爲行爲、爲動作之事者也。宮室如無居人、則爲塵封苔蝕之廢屋、有人而不能善居室、則將爲火宅、爲魔宮、何以能使其人居之而安、玆則有待於明乎感想發揮、有正變之兩面而變之矣。」是知感想之先具、尤有重於時空、而借題之爲用、卽所以成其爲超妙者也、不僅前擧工部八陣圖如此、縱觀古今作家、名篇佳什、亦莫不皆然、如賈島渡桑乾詩云：

客舍幷州已十霜、歸心日夜憶咸陽。
無端更渡桑乾水、卻望幷州是故鄉。

島作客太原、已十年矣、此中無日無夜、不思咸陽、如今不知因何緣故、竟更渡桑乾河、又去幷州二百里矣、今卻把幷州一望、反以爲故鄉、然則幷州且不得久住、況咸陽乎。此詩所以感人也。

詩句中、偶爾亦可運用一二虛實字、透出時空關係、此法甚易、試略擧數例淺言之：
(例見陳鐘凡中國韻文通論)

## (一) 時間

推進　以更字進一層寫、使兩事比較、益增感慨。

同宿高齋換時節、共看移石復栽杉。
送君江浦已惆悵、更上高樓看遠帆。韋應物送王校書

重提　用又字、重提舊事。

河洛多塵事、江南半舊游。
春風故人夜、又醉向蘋洲。張祜江南逢故人

追憶　此例或就見時之凄涼、追憶當年之盛況、或言昔時之希望、慨今日之已非。

江上荒城猿鳥悲、隔江便是屈原祠。
一千五百年間事、只有灘聲似舊時。陸游楚城

## （二）空　間

遙憶　用遙字或應字、推想遠地情況。

強欲登高去、無人送酒來。
遙憐故園菊、應傍戰場開。岑參九日思長安故國

懷君屬秋夜、散步咏涼天。
空山松子落、幽人應未眠。韋應物秋夜寄丘員外

特著　以獨字惟字只字、特著一事、使感情集中。

荒村古岸誰家在、野水浮雲處處愁。
惟有河邊衰柳樹、蟬聲相送到揚州。朱放亂後經淮陰

### （三）對　照

時間對照　以春秋或新舊對照言之。

妾有羅衣裳、秦王在時作。

爲舞春風多、秋來不堪作。崔國輔怨辭

琵琶起舞換新聲、總是關山舊別情。

撩亂邊愁聽不得、高高秋月照長城。王昌齡從軍行

空間對照　以東西或南北對照言之。

萬里人南去、三春雁北飛、

未知何歲月、得與爾同歸。韋承慶南行別弟

朝日殘鶯伴妾啼、開簾只見草萋萋。

庭前似有東風入、楊柳千條盡向西。劉方平代春怨

## 戊、託比興以見委婉

詩兼比興、重在取喻、能喻則意無不曲、筆無不達、鍾嶸詩品謂詩有三義、曰興、曰比、曰賦、又謂文已盡而意有餘、興也、因物喻意、比也。劉勰文心雕龍比興篇曰：「比

者附也、附理者、切類以指事。」又曰：「比、蓋寫物以附意、颺言以切事者也。」至論興、則謂：「興者起也、起情者、依類以擬議。」又曰：「興之託諭、婉而成章、稱名也小、取類也大。」明李東陽麓堂詩話亦曰：「所謂比與興者、皆託物寓情而爲之者也、蓋正言直述、則易於窮盡而難於感發、惟有所寓託、形容摹寫、反復諷詠、以俟人之自得、言有盡而意無窮、則神爽飛動、手舞足蹈而不自覺、此詩之所以貴情思而輕事實也。」綜觀上意、則知比者譬也、以彼比此也。興者、發也、取譬引類、起發己心也。前賢爲文、多取比興、魏源詩比興箋序曰：

離騷之文、依詩取興、引類譬喩、詞不可徑也、故有曲而達情、不可激也、故有譬而喩焉、善鳥香草以配忠貞、惡禽臭物以比讒佞、靈脩美人以媲君王、宓妃佚女以譬賢臣、虬龍鸞鳳以託君子、飄風雷電以喩小人、以珍寶爲仁義、以水深雪雰爲讒構。荀卿賦蠶、非賦蠶也、賦雲、非賦雲也、誦詩論世、知人闡幽、以意逆志、始知三百篇、皆仁聖賢人發憤之作焉、豈第藻繪虛車已哉。

是知善用比興者、引類取喩、觸物起情、烘雲托月、推波助瀾、勃鬱幽芬於情文繚繞之間、是詩之至也、因論比興。

比喩之法至繁、約言之、固莫外直喩隱喩二端。直喩者、以類似事物比他事物之謂、而其間往往附以如、若、猶、比、同、似諸字、視之卽知、如李益詩：「囘樂峰前沙似雪、受降城外月如霜。」是也。此類辭格、其喻體與喻依、界線劃然、驟視之、兩者全然不同、細審之、則兩者意象必有類似之處。隱喻者、喻體喻依、泯然無跡、然又不使原義全晦、故文雖晦、而義可尋、如蘇軾海棠花詩云：「朱唇得酒暈生臉。」此句乃對於海棠某點意象所衍生之另一意象、而表達後者、卽能滲透前者矣。至李義山「春蠶到死絲方盡、蠟炬成灰淚始乾。」王安石「衰根要路知難植、倦羽窮年欲退飛。」則已將感情溶入詞翰、固又不僅比喻已矣。

綜括前例、吾人可知比喻之語式有三：

（甲）喻體　卽被比喻之對象。

（乙）喻依　卽作比喻之材料。

（丙）喻體與喻依間之共同點、或可聯接之關係點。試以韓愈過女几山詩爲例：

旗穿曉日雲霞雜、山倚秋空劍戟明。

句中穿曉日與倚秋空、乃直寫旗、山、其餘未透之意、則以雲霞劍戟爲比、而以雜明二字爲之連合、是知穿曉日之旗與夫倚秋空之山各爲（甲）；雲霞與劍戟各爲（乙）；而表出甲乙間共同點之（丙）、則雜明二字也。

興、起也、先言他物、以引起所詠之詞也。興之爲義甚廣、詩家得力處、大半在此、至其應用、有興而兼比者、有興而兼賦者、古近體皆然、大抵總在詩有難於徑遂之時用之、蓋有興則詩之情理具焉、王建宮詞云：

樹頭樹底覓殘紅、一片西飛一片東。
自是桃花貪結子、錯教人恨五更風。

此篇蓋比而興也、釋天隱嘗淺釋之、謂以殘紅喻色衰、東西分飛、喻君與己之相背也、貪、慕也、結子、有寵有成也、五更風、君心之飄忽也、詩意謂使我不貪慕寵遇而入宮、則安有今日之愁哉、故不可恨君也。茲再舉二例以明之：

嬌黃初綻欲題詩、盡日含毫有所思。
記得玉人新病後、道家裝束嬾禳時。薛能黃蜀葵詩

薄粧新著淡黃衣、對捧金爐侍醮遲。
向日似矜傾國貌、倚風如聽步虛詞。
乍開檀柱疑聞語、試與雲和必解吹。
爲報同人看來好、不禁秋露已離披。韋莊使院黃葵花詩

絕詩首次兩句寫葵花嬌黃初綻、已欲題詩詠之、然含毫盡日、詩情無著、蓋心有所思故

也。三四句記得玉人云云、則由蜀葵色黃、而聯想到病後玉人、形態淸癯、著黃服侍醮之時矣、此篇尙具隱喩性質。而律詩之作、則興兼比賦、其首句至六句、皆以花擬人、蓋葵花色黃而美、故唐人恆以女冠子喩之。首二句新著黃衫、捧爐侍醮、卽本此喩。中腹兩聯、更由女冠子而思及其種種生活情況、然所述意象、似又與葵花無關、而與女冠子相屬、使無落句明點黃葵、則吾人恐不復知其所言爲何矣。是知興者、以彼引此、或就時地、或借景物、引起意中之所欲言、而引起之後、便可撇去不顧矣。

比興之用、最忌晦澀、故不可通首興之、鍾嶸詩品序曰：「若專用比興、患在意深、意深則詞躓。」洵篤論也。唐張籍詩：「君知妾有夫、贈妾雙明珠、感君纏綿意、繫在繡羅襦、妾家高樓連苑起、良人執戟明光裏、知君用心如日月、事夫誓擬同生死、還君明珠雙淚垂、恨不相逢未嫁時。」題曰「還珠吟」、時籍去他鎭幕府、鄆帥李師古以書幣辟之、籍卻而不納、作此詩以謝之、可謂深得風人之旨矣、然此詩通首爲比、後人誦之、非索隱注釋、不見作意。又韋應物滁州西澗詩：「獨憐幽草澗邊生、尙有黃鸝深樹鳴、春潮帶雨晚來急、野渡無人舟自橫。」此蓋摹寫西澗之幽、而謝疊山偏云：「起句比君子在野、承句比小人在位、轉句比國家患難多也、結句比寬濶之野、寂寞之濱、必有濟世之才、如孤舟橫野渡者、特君相之不能耳。」論詩如此、實乃過於穿鑿。蓋詩之爲道、在動合自然、其偶然而寄托者、乃題之可以寄托也、若作者卽事抒思、花鳥林泉、隨緣感發、未必物物皆有所託、倘必牽合隱事、曲加附會、則詩之道乖矣。故比興之用、或藉詩題以見端倪、或雜賦體以明軌迹、始可令人默會心領、嚼之有味、否則如世間商度隱語、終亦莫知所云。朱慶餘近試上張水部詩云：

洞房昨夜停紅燭、待曉堂前拜舅姑。
妝罷低聲問夫婿、畫眉深淺入時無。

唐詩記事載：朱慶餘過水部郎中張籍、因索慶餘新舊篇什、留二十六章、置之懷袖而推贊之、時人以籍重名、皆繕錄諷詠、遂登科。此首想係獻詩時所作、慶餘執篇什問入時或否於張水部、乃以新嫁娘比況、神意既能兩相符契、而寫新婦口吻儀容、入微入理、不因援繫而稍有斲損、致足責也、且託事興懷、於題中已見端倪、故不得以附會譏之。又如高蟾下第後上永崇高侍郎詩：「天上碧桃和露種、日邊紅杏倚雲栽、芙蓉生在秋江上、不向東風怨未開。」託事喻意、與前詩同一機杼。

詩中比興、有與賦體雜陳者、但味詩旨、卽見喻意、如王維酌酒與裴廸詩：

酌酒與君君自寬、人情翻覆似波瀾。
白首相知猶按劍、朱門先達笑彈冠。

草色全經細雨濕、花枝欲動春風寒。
世事浮雲何足問、不如高臥且加餐。

人情翻覆句爲全詩之主、頷聯承上得意、舉例明之、腹聯寫景、卻言此而意在彼、草色比小人得志、細雨比君之恩澤、花枝比君子也、花枝欲動而畏春寒、比君子欲進而爲陰邪所沮、欲動未動也、落句總合上聯、言世事之多變直如浮雲耳、豈足縈懷介意、何不高臥加餐以自寬乎。細繹全詩、當知腹聯爲賦中之比、非尋常摹寫也。他如柳宗元「驚風亂颭芙蓉水、密雨斜侵薜荔牆。」一不露痕跡、託興亦妙、大抵善爲比興者皆如此。

# 第二章　論含蓄

詩以語近情遙爲尚、語近則平澹易曉、情遙則聲有餘響、雖著語不多、亦寄興無窮。苟能達此境界、則無論體物寫志、緣情述事、或悲壯奧崛、悄愴幽邃、讀之悽神淸骨、或蘊藉渟蓄、雋永超詣、讀之心怡神遠、其妙處殆所謂羚羊掛角、香象渡河、透徹玲瓏、不可湊泊者也。

徵此、故詩貴含蓄、最忌直情徑行、倘一題在手、必瀾翻泉湧、吐之殆盡、則風趣全無、味同嚼蠟、使能藏鋒不露、音在弦外、則如滲鹽水中、無痕有味、揣摩者自去撏撦、滋味全著、所謂「秘響旁道、伏采潛發、」(文心雕龍)斯境惟盛唐詩最克臻此、其所以妙絕千古、良有以也。

大抵善爲文字者、多避實擊虛、欲縱而故擒、用意十分、下語三分、及至數語發揮、控馭無失、必能歸於含蓄。夫含蓄者、意在筆先、神餘言外、如驕馬弄銜而欲行、靚女窺簾而未出、司空圖曰：「不著一字、盡得風流。」梅宛陵曰：「含不盡之意、見於言外」蓋謂此也、故詩文欲含蓄不露、便是好處、必約其文辭而指博、有餘不盡之意、則留俟吟者細味之、庶可得風雅之旨矣。唐人作詩、最尚此旨、故於立意度句之時、常能深情幽怨、意緒微茫、令人測之無端、玩之無盡、得廻環不絕之妙。今略舉數端、藉窺三昧、意雖謭陋、或亦可資參證焉。

## 中、藏鋒不露

律與絕句、貴意在言外、使人思而得之、故字裏行間、須有曖曖之致、無論寫孀閨春怨、塞客鄉思、或炎涼世態、落魄生涯、皆必若隱若現、欲露不露、反復纏綿、終不許一語道破、焦理堂之秋江曲：「早看鴛鴦飛、暮看鴛鴦宿、鴛鴦有時飛、鴛鴦有時宿。」若專論其含蓄、則差勝於金昌緒之春怨：「打起黃鶯兒、莫教枝上啼、啼時驚妾夢、不得到遼西。」蓋前詩如神龍變化、難見首尾、後作則鱗爪畢現、竟沒其神也。盛唐諸家、最擅此法、大抵其作、辭皆渾成、意皆圓足、不惟境界高妙、且天機有餘、杜詩如：「國破山河在、城春草木深、感時花濺淚、恨別鳥驚心。」山河在、明無餘物矣、草木深、明無人矣、花鳥平時可娛之物、見之而泣、聞之而悲、則時可知矣、此亦藏鋒不露之意也。

李白玉階怨：

玉階生白露、夜久侵羅襪。
卻下水晶簾、玲瓏望秋月。

宮人望幸、久佇玉階、不覺夜闌月上、白露侵襪矣。帝既不來、又怯寒氣襲身、不如回房垂簾、擁被就寢、豈知回房又不忍睡去、隔簾望月、則望幸之情猶未絕也。篇中明說宮人之動作、不言怨悵、而字字怨入骨髓。又其黃鶴樓送孟浩然之廣陵詩：

故人西辭黃鶴樓、烟花三月下揚州。
孤帆遠影碧空盡、惟見長江天際流。

唐汝詢曰：「黃鶴、分別之地、揚州、所住之鄉、烟花、敍別之景、三月、絕別之時、帆影盡、則目力已極、江水長、則離思無涯、悵望之情、俱在言外。」通篇佳處、在全不運用典實、稱意書之、無格格不入之辭、而又往復低徊、不勝依依、使味之者無窮、故唐宋詩醇曰：「語近情遙、有手揮五絃、目送飛鴻之妙。」

李義山嫦娥詩：

雲母屛風燭影深、長河漸落曉星沉。
嫦娥應悔偸靈藥、碧海青天夜夜心。

狀孤寂之況、而轉折多致、自謂獨倚屛風、燭影轉深、形影相弔、落莫已甚、一轉也。落莫一任落莫、不覺夜已闌珊、銀河漸落、曉星初沉、竟至徹夜難眠、再轉也。舊事歷歷、探懷俱在、恩怨雖云往矣、然深懺前非、轉以嫦娥竊藥相喻、三轉也。至今流落不遇、孑然一身、如廣寒仙子、夜夜寂寥、此情將何以堪、四轉也。寥寥二十八字、卻纏綿淒涼如此、起承句言身之孤寂、轉合句明心之孤寂、曲折多處、正緣孤寂深矣。

上列諸詩、皆孕深情而一歸於含蓄、令人尋繹不倦、是以善爲含蓄者、其意說出者少、不說出者多、而不說出者又宛然可想。譬之吾人觀劇、劇情發展倘能委婉而有深致、蓄隱而含幽怨、到情深處、不待飾演者熱淚盈眶、觀衆亦必悲從中來、一掬同情之淚。否則、任教劇中人淚竭聲嘶、觀衆亦難動容。如李義山「長河漸落曉星沉」句、恰寫出一片寂寞、蓋人惟於孤寂時、始能細察物理、如「高閣客竟去、小園花亂飛。」設客不去、又焉知小園花飛乎？句中雖不言寂寞、然讀者掩卷惝怳、卻有無限悵惘之思。又唐人詠馬嵬驛者多矣、然李義山云：「海外徒聞更九州、他生未卜此生休。」語既親切高雅、故不用愁怨墮淚等字、而聞者爲之惻惻。餘如溫飛卿「鷄聲茅店月、人迹板橋霜。」賈閬仙「怪禽啼曠野、落日恐行人。」則羈旅愁思、豈不見於言外乎？杜子美「遣人向市賒香秔、喚婦出房親自饌。」上言其力貧、故曰「賒」、下言其無使令、故曰「親」、皆於句外見意。杜牧之「銀燭秋光冷畫屏、輕羅小扇撲流螢、天街夜色涼如水、臥看牽牛織女星。」不言相思、相思自見、淡淡幾句、便能道出無限深情、饒有餘味、一如柯九思畫竹、蕭蕭數葉、墨瀋未乾、已覺「滿堂風雨不勝寒」矣。此皆明蓄隱之法、亦詩中三昧也。

## 乙、善用側筆

詩中之意、貴在無字句處、善用側筆、不犯正位、襯說以取神韻、所謂索之於驪黃之外者、是傳神之妙也。爲江雪獨釣圖者、不難於江上雪景、漁翁垂綸、獨能傳出清朗苦寒之態乃佳、詩家亦須參此機。杜詩如「春雲去殿低」、「山月臨窗近」、寫殿高反襯以雲低、寫嶺高以月近烘托、皆化工之筆、譬如紅樓夢寫黛玉之死、兼寫寶釵出嫁、讀之益覺秋聲滿紙、萬彙淒心。

王昌齡春宮曲云：

昨夜風開露井桃、未央前殿月輪高。

平陽歌舞新承寵、簾外春寒賜錦袍。

此詩言平陽公主以妙麗善舞得幸、而失寵者愁怨之情可掬、實則宴中歌舞者、安知簾外之春寒乎？只緣漢皇恩寵已極、卽夜宴未寒、亦唯恐輕寒侵之、遂以錦袍見賜、而失寵者慕此殊遇、故愁怨愈加。全詩只言他人之承寵、而己之失寵、卻宛然可想、不怨而怨、求響於弦指外、王湘綺曰：「言無寵者獨寒也。」堪謂解人。龍標另有「玉顏不及寒鴉色」兩句、雖亦風致娟楚、蓄意悲涼、但終覺怨情微露、又似較「簾外春寒賜錦袍」略遜一籌耳。

劉夢得阿嬌怨：

望見葳蕤舉翠華、試開金殿掃庭花。

須臾宮女傳來信、言幸平陽公主家。

阿嬌最忌平陽公主、今帝不來幸、尙可言也、偏幸平陽公主家、則何以爲情哉。就事寫景寫情、合來無痕、側筆抒怨、不曾道破、與前詩同一機杼。又杜少陵贈花卿詩：

錦城絲管日紛紛、半入江風半入雲。

此曲只應天上有、人間那得幾回聞。

升庵詩話曰：「花卿名敬定、丹徒人、蜀之勇將也、恃功驕恣、杜公此詩、譏其潛用天子禮樂也、而含蓄不露、有風人言之者無罪、聞之者足戒之旨。」升庵此解甚得、蓋詩中言絲管之聲、淸入江風、高亢雲際、其曲只應天上乃得有之、人間不惟不敢作、雖欲時時聞之、豈可得乎、側筆詠事、潛譏花卿、語意涵蓄不迫、婉而多諷、使人咀嚼而自得、李子德胡元瑞以爲贈伎之詩、強欲折之、翻覺譾陋乏味。

明人朱存仁咏燕詩：

三月巢乾雛未成、茅堂來往日營營。說殘午夢千聲巧、剪破春愁兩尾輕。宮柳陰濃金鎖合、水芹香細綠波晴。畫欄十二無人倚、一半梨花一半鶯。

此詠物詩之善用側筆者。鍾伯敬評之云：「前一聯就燕點染、已曲盡詠物之情、後四句絕無一字及燕、只虛摹景色、而宛若燕子來往其中、尤見傳神之妙。」此詩後四句如仍從燕子著筆、規模刻畫、黏皮著骨、則形狀雖巧、全無精神、使人一覽無餘、索然寡味。

杜工部月夜詩：

今夜鄜州月、閨中只獨看。遙憐小兒女、
未解憶長安。香霧雲鬟濕、清輝玉臂寒。
何時倚虛幌、雙照淚痕乾。

此詩入手便擺落現境、翻從鄜州著筆、三四借葉襯花、言兒女年幼、不解相憶、正寫閨人獨憶耳。「香霧雲鬟濕」一聯、又遙想其妻在鄜州看月光景、曲體閨情、益增悲痛、收處思聚時對月紓愁之狀、獨見鍾情、「雙照」遙應「獨看」、尤見一篇之眼。通首皆從對面著筆、機軸奇絕、明是望月憶內、卻偏言其妻思己、而閨人思己之深、正己思閨人之切也、詞旨婉轉、無筆不曲。

餘如龔定庵詩：「風雲材略已消磨、甘隸妝臺伺眼波、爲恐劉郎英氣盡、捲簾梳洗望黃河」、以第三者設喻、寫不甘蹉跎之情。韓翃寒食詩：「春城無處不飛花、寒食東風御柳斜、日暮漢宮傳蠟燭、輕烟散入五侯家。」藉寒食事而隱憂權宦之禍。明陳薦夫宮詞云：「雖言逐隊向長門、十載何曾識至尊、命薄不教人見妬、始知無寵是君恩。」強欲自慰、愈見沈痛。三詩皆能不用正面、故作反筆側筆、而自出機杼、雅見峭致。此詩家秘藏、學者不知斯訣、未可與言詩也已。

## 丙、託物喻意

詩家設意、皆可於一草一木發之、比物託興、論理似爲不通、但用於抒情、偏得廻環之妙、于濆對花詩：「花開蝶滿枝、花謝蝶還稀、惟有舊巢燕、主人貧亦歸。」于濆罷官、漸諳人情冷暖、乃借蝶燕以爲喻、怨而不怒、使句有餘意、篇有餘味。他如李適之罷相詩：「避賢初罷相、樂聖且銜杯、試問門前客、今朝幾個來。」雖當罷官、同一感慨、但直抒其意、未免激露、若專論含蓄、則前詩有畫龍已成尚未點睛之致、而後者則破壁飛去、並不見龍矣、細味兩詩、可悟含蓄之法。

王昌齡長信秋詞：

奉帚平明金殿開、且將團扇共徘徊。

玉顏不及寒鴉色、猶帶昭陽日影來。

「班姬自言晨起灑掃、而殿門始開、因傷已被棄、如扇之逢秋、且相與盤桓也、適見寒鴉帶日影而來、則又覩物興感、竟謂我惟以不得一近昭陽爲恨、今禽乃得被天子之恩惠、是我之顏色不如也、不怨君而歸咎於己之顏色、風人渾厚之旨矣」（唐汝詢）末二句羨寒鴉羨得妙、優柔婉麗、含蘊無窮、使人一唱三歎。再如孟遲長信宮詞：「君恩已盡欲何歸、猶有殘香在舞衣、自恨身輕不如燕、春來還繞御簾飛。」明沈明臣宮詞曰：「絲滿南國桑葉肥、春風欲盡柳花飛、妾生不及吳蠶死、留得春絲上袞衣。」明陸粲長門怨：「金屋承恩事已非、玉顏憔悴度春暉、無因得似宮前柳、時有長條拂御衣。」悉善於託物喻意、取而諷之、往往令人情移、迴環含咀、不能自已。

舒雲亭偶占云：

芳草青青送馬蹄、垂楊深處畫樓西。
流鶯自惜春將去、銜住飛花不忍啼。

戎昱移家別湖上亭詩：

好去春風湖上亭、柳條藤蔓繫離情。
黃鶯久住渾相識、欲別頻啼四五聲。

李端送劉侍御詩：

幾人同去謝宣城、未及酬恩隔死生。

唯有夜猿知客恨、嶧陽溪路第三聲。

皆似無情中露出情致、乃藉流鶯惜春、黃鸝識別、夜猿啼恨以抒衷情也。前舉「玉顏不及寒鴉色」一類、託物自比、尙稱明喩、此三首則全藉鶯猿寫情、物人合一矣。又如張九齡自君之出矣：

自君之出矣、不復理殘機。

思君如滿月、夜夜減淸輝。

思君如滿月兩句、以月之盈虧喩思婦之容光、月滿必虧、人愁必瘦、況夜夜相思、終無了日、昔時容光煥發、至今漸覺憔悴矣、託物喩意、用筆愈曲。餘如趙嘏「夕陽樓上山重疊、未抵春愁一倍多。」以山喩愁。李頎：「請量東海水、看取淺深愁。」以水喩愁。至於杜牧「蠟燭有心還惜別、替人垂淚到天明。」則明燭煎心、近乎淚盡矣。

託物喩意、固爲含蓄之一法、然仍須巧思達意、最忌俗而傷雅、李師漁叔撰魚千里齋隨筆、嘗記林仲衡及莊太岳所爲詩、殆可徵此旨：

抱病江村百感生、出門攜杖看春耕。

水牛當道猙獰甚、一步何妨讓汝行。

—林仲衡　抱病

眼底分明見海枯、滄桑何俟問痲姑。
沖西港口千帆盡、尙有沙鷗待榷無。

——莊太岳　登稅關樓望海

仲衡詩託以嘲詼、以「水牛當道」刺日人胥吏之猛悍、太岳詩出之蘊藉、以「沙鷗待榷」譏日人賦斂之繁苛、兩詩同是設喻含諷、而雅俗不同、仲衡詩雖亦辭適其意、然微傷讟露、不免傖父面目。太岳詩藉物寫懷、而出於綢繆婉約之辭、此其詩所以工也。翁施龍亦有鑒湖詩云：「昨日曾過賀家湖、今日烟波大半無、惟有一天秋夜月、不隨甲畝入官租。」因方假巧、曲筆達意、與太岳詩同、俱已得味外味也。

## 丁、裁汰冗意

低手作詩、著題往往不能思力籠蓋、每以擒捉不住、鋪張揚厲、衍爲繁冗之詞、致成拖沓、故作詩貴有剪裁工夫、必使篇中無浮辭、題中無冗意、始爲精練之章、而含蓄之致存焉、如萬綠叢中之著點紅、會心者當能知其奧蘊、見點紅而知嫣紅姹紫已無限在矣。元微之行宮詩：

寥落古行宮、宮花寂寞紅。

白頭宮女在、閒坐說玄宗。

行宮寥落、闃無人跡、花光寂寞、空墜殘紅、惟白頭宮女猶在、閑坐時偶語玄宗舊事、聊解寂寥而已。句中說玄宗、卻不說玄宗長短、而無邊傷逝之感可掬、語意絕妙、寥寥二十言、已抵一篇長恨歌矣。溫飛卿贈彈箏人詩：「天寶年中事玉皇、曾將新曲教寧王、鈿蟬金雁皆零落、一曲伊州淚萬行。」亦猶是夫。

柳宗元漁翁詩：

漁翁夜傍西巖宿、曉汲清湘燃楚竹。
煙銷日出不見人、欸乃一聲山水綠。
迴看天際下中流、巖上無心雲相逐。

東坡云：「詩以奇趣爲宗、反常合道爲趣、熟味此詩、有奇趣、然其尾兩句、雖不必有亦可。」漁洋詩話亦曰：「柳子厚漁翁夜傍西巖宿一首、如作絕句、以欸乃一聲山水綠結之、便成高作、下二句眞蛇足耳。」柳柳州漁翁詩倘以欸乃一聲句作結、頗得含蓄之妙、蓋寓意於言辭之外也、今者必藉雲之相逐、點出「無心」二字、適見其有心於「無心」、了無餘蘊、致爲玉玷、如示謎底於射虎之前、則射者趣味索然矣。

李端之拜新月：

開簾見新月、卽便下階拜。
細語人不聞、北風吹裙帶。

心有所懷、故見月卽拜、思欲以情訴之於月、喁喁然細語、而人不聞、蓋亦不便聞之於人也、小女兒心思、此句曲盡、倘必自作愁態、苦訴相思、則不知尙堪寓目否。

大抵絕詩形式簡短、結構周密、故不容詞藻裝飾、細膩摹寫、宜裁汰冗意、於刹那中見永恆、由微塵中顯大千、乃可言有盡而意無窮、而善會心者、亦不難索解焉。本節宜與後章論絕句法合參、此不贅述。

## 戊、餘憾生情

昔王湘綺爲人傳記、好從其不得意處寫之、言如此乃能曲傳心事、極唱歎之致、實則作詩之理亦復如是、蓋無論抒情言事、使能洞悉缺陷、狀莫名之惆悵、言之若有餘憾、其詩必可婉約生情、餘味雋永、如杜工部蜀相詩之後四句：

三顧頻煩天下計、兩朝開濟老臣心。
出師未捷身先死、長使英雄淚滿襟。

諸葛武侯一生佐蜀興國、輔先主爲開基、輔後主爲濟美、後以兵敗、率衆由斜谷出據五丈原、與司馬懿對峙渭南、嘗六出祁山、悉功敗垂成、建興十二年八月、病卒於軍、未酬壯志、少陵蜀相詩、五六句實括武侯之雄略與苦衷、七八句慷慨激越、一字一淚、道盡武侯餘恨、使人不忍卒讀。

陸放翁示子聿詩：

儒林早歲竊虛名、白首何曾負短檠。

堪歎一衰今至此、夢回聞汝讀書聲。

放翁早歲折節讀書、期有所成、壯年心存社稷、思有所用、豪氣干霄、雄心奔放、晚歲卒以老病致仕乞歸、得祠祿度日、當年豪情壯志、漸成雲烟餘影、惟以酒味花香、湖光樹影自娛而已、嘗以困躓、至賣其常用酒杯、幾無以爲生、雖讀破萬卷、亦復何益。平生已深爲儒巾所誤、夢回又聞子讀書之聲、恐亦復不免蹉跎一世、詩示子聿、卽自傷也、意中蓄蘊悽愴、遺憾無窮、故感人至深。放翁尙有示兒詩：「王師北定中原日、家祭無忘告乃翁。」劍南身在江湖、心憂天下、臨終時猶以不見九州一統爲憾、遂至抱恨終身、故發爲篇章、詞澹情遙、迴腸盪氣、讀之有不令人一掬同情之淚者乎。

杜工部詠懷古蹟之三：

羣山萬壑赴荊門。生長明妃尙有村。

一去紫臺連朔漠。獨留青塚向黃昏。
畫圖省識春風面。環珮空歸月夜魂。
千載琵琶作胡語。分明怨恨曲中論。

明妃卽王昭君、名嬙、漢元帝宮女。元帝後宮既多、乃按圖召幸、明妃自持貌美、不賂畫工、畫工乃醜圖之、遂不得幸。後以賜呼韓耶單于、入胡爲閼氏、抑鬱終身。工部此詩只敍明妃事始末、委婉曲折、極有韻致、結處言其託身絕域、惟有鵾絃寫意、千載留恨而已、正明妃一生之心事也。

又如其江南逢李龜年詩：

岐王宅裏尋常見、崔九堂前幾度聞。
正是江南好風景、落花時節又逢君。

龜年爲唐天寶年間樂工、洞曉音律、寵遇甚隆、恆出入顯宦之門、自祿山之亂、明皇幸蜀、百官皆竄辱、龜年奔迫江潭、逢工部、工部以此詩贈之。對起兩句、頗道其盛時、下二句回峰一轉、復又傷其流落、而人情聚散、盛衰之感、皆寓於其中、傷龜年、亦所以自傷也、落花時節又逢君一語、情景交融、尤能曲盡二人心事、司空圖有云：「不著一字、盡得風流。」其此之謂乎。

## 己、落句虛成

古人作詩、落句輒旁入他意、靈變莫測、最爲警策、故落句貴虛成、范公稱過庭錄曰：「小宋舊有一帖論杜詩、至於實下、虛成、亦何可少也、先子未達、後問晁以道云：『昔聞於先人、蓋爲縛鷄行之類、如小奴縛鷄向市賣、是實下也、末云、鷄蟲得失無了時、注目寒江倚山閣、是虛成也。』按虛成之法、乃於落句以景收束、使人吟之、餘韻盎然、上擧杜詩結句之妙、恐非他人所能企及。外如黃山谷書酺池寺云：「退食歸來北窗夢、一江風月趁漁船。」又其水仙詩：「坐對眞成被花惱、出門一笑大江橫。」皆屬此類。至容齋隨筆引李德遠東西船行云：「東西相笑無已時、我但行藏任天理。」則以理語成句、一墮機鋒、便失天趣矣。

詩人玉屑引苕溪漁隱叢話曰：

宮詞云：「監宮引出暫開門、隨例雖朝不是恩、銀鑰卻收金鎖合、月明花落又黃昏。」斷句極佳、意在言外、而幽怨之情自見、不待明言之也、詩貴乎如此、若使一覽而意盡、亦何足道哉。

所引宮詞四句爲小杜之詩、前言宮人希寵望幸之意、後寫閉門淒涼之態、惟對滿宮明月、宮庭落花而已。漁隱謂其斷句極佳、殆亦以景收束之功也、徵諸唐人絕句、此例甚夥、如元微之聞白樂天左降江州司馬詩：「殘燈無焰影幢幢、此夕聞君謫九江、垂死病中驚坐起、暗風吹雨入寒窗。」韋蘇州寒食寄京師諸弟詩：「雨中禁火空齋冷、江上流鶯獨坐聽、把酒看花想諸弟、杜陵寒食草青青。」皆能使落句虛成、故收束處、頗饒餘韻。

唐賢律詩、亦擅此法、尤以前六句皆敍事者、收處最宜如此、王維觀獵詩：

風勁角弓鳴、將軍獵渭城。草枯鷹眼疾、雪盡馬蹄輕。忽過新豐市、還歸細柳營。回看射雕處、千里暮雲平。

首句言獵之時、草枯二句正寫獵字、忽過一聯、寫獵後光景、收處作回顧之筆、兜裹全篇、言歸營後、回看行獵之處、茫茫千里、惟見暮雲一望而平耳、設景作結、雅多餘味。

又如劉長卿秋日登吳公臺上寺遠眺之落句：

惆悵南朝事、長江獨至今。

長卿秋日登台、憑寺遠眺、夕陽依壘、寒磬滿林、而南朝舊事、已不堪說、王謝堂空、玉樹歌殘、當日繁華、皆隨雲烟以俱去、猶存者惟長江耳、其心中惆悵何事、雖未道出、而宛然可想、使改落句爲「惆悵南朝事、空餘感慨深」則已完全吐露、無復有餘味矣。

孟浩然歸終南山詩：

北闕休上書、南山歸敝廬。不才明主棄、多病故人疎。白髮催年老、青陽逼歲除。永懷愁不寐、松月夜窗虛。

三四言歸南山之故、後解悵歲月無情、如此年老歲除、常使愁緒縈懷、終至愁深而夜不成寐、惟見松月映窗耳。字字褰苦、一結空靈、使人餘情盪漾、迴環不絕、落句倘以實下手法、則必損其韻味也。

要之、詩中結句、最貴餘味雋永、苟能盡善、全篇俱活、吟之必覺神遙意遠、沁人詩脾、故收束處、倘能以景作結、必可涵蘊深永、味之無極、如李白：「明朝掛帆去、楓葉落紛紛。」李益：「明日巴陵道、秋山又幾重。」孟浩然：「迷津欲有問、平海夕漫漫。」宋劉仙倫：「一曲更沉人已靜、江頭雲挂綠嵯峨。」諸句、皆屬此類。惟唐人固亦有失之者、如高適：「聖代卽今多雨露、暫時分手莫躊躇。」王維：「爲乘陽氣行時令、不是宸遊玩物華。」李頎：「莫見長安行樂處、空令歲月易蹉跎。」諸句、筋骨畢露、詞氣已竭、較諸前舉數詩、何啻雲泥之別、初學操觚者所宜細參之也已。

# 第三章　論摹擬與鎔成

大抵學詩之初、顰呻謦欬、經營轉折、參章鍊句、亦步亦趨、而後漸開門路、自翻新意、吐納英華、莫非性情、如此殆臻神妙流動之境。其間所經軌轍之變、固非一途、要皆以摹擬始而以鎔成終也。文心雕龍物色篇曰：「因方以借巧、即勢以會奇、善於會要、則雖舊彌新矣。」彥和之論、允稱獨詣、蓋兩間物色、千古無以異也。若夫巫峽危灘、瀟湘夜雨、古今何殊、任潮來潮去、人事代謝、而灘聲雨色固猶是耳、故前賢縱有神奇之思、生花之筆、繪窮煙嵐之態、寫盡山川之妙、然後人有作、倘能即勢會奇、因方借巧、依然有化腐爲新之功、何況設景雖同、而與會逈異、賦物雖一、而體認不殊、如眞能襲故彌新、沿濁更淸、則左右逢源、各擅其勝矣、是知摹擬之終極目的、絕非勦襲、而貴在鎔成。夫勦襲也者、句剽字竊、務爲牽合、棄眼前之景物、摭腐濫之文辭、下焉者拾一二浮語、綴葺成篇、徒貽壽陵學步之誚。鎔成則必參悟活法、善於規摹變化、至其善者、如釀蜜釀酒、既成而不見花糟也、然鎔成必自摹擬始、如書家臨摹法帖然、從臨本轉相傳寫、再四而後漸失故形、故知摹擬與鎔成、有如輔車相依、不容偏廢也。本章首論摹擬、次論鎔成、其意在此。

## 一、摹擬

或謂作詩不可摹擬、此似是而非之論也、凡爲詩者、其始也、必求其所從入、其既也、必求其所從出、是知摹擬實爲文學創作必經之路。古人作詩、用字貴有來歷、卽詩中之意、亦主張由前人詩中脫化而出、此非摹擬而何、用字貴有所本、「一則此字曾經古人選用、必最適於表達某種情思、譬之已提鍊之鐵、自較生鐵爲精、二則除此字本身之意義外、尙可思及出處詞句之意義、多一層聯想、運化古人詩句之意、其理亦同。」(謬鉞詩詞散論)、詩爲文學中之精品、無論措辭立意、皆不容粗疎、故唐釋皎然有偷勢偷義之說、宋黃山谷有奪胎換骨之法、是皆善言摹擬者也。玆將二說各列一章、分別論之。

### 甲、奪胎換骨

山谷論詩有奪胎換骨、點鐵成金之喩、江西詩派莫不奉爲圭臬、卽如陳后山、楊誠齋、蕭東夫諸名家、亦皆深好此道、實則奪胎換骨爲詩家用字最高明之手法、學者宜漸漬沈酣而熟習之。冷齋夜話記山谷云:「詩意無窮而人才有限、以有限之才、追無窮之意、雖淵明少陵、不得工也、不易其意而造其語、謂之換骨法、規摹其意而形容之、謂之奪胎法。」雖於此有所提示、顧措辭太簡、難見端倪、玆分別撏撦、略窺究竟、如庚溪詩話云：

白道猷曰：「連峰數千里、修林帶平津、茅茨隱不見、鷄鳴知有人。」後秦少游云：「菰蒲深處疑無地、忽有人家笑語聲。」僧道潛云：「隔林彷彿聞機杼、知有人家在翠微。」其源乃出於道猷、而更加鍛鍊、亦可謂善奪胎也。

此言奪胎法、頗盡以故爲新之妙、又如苕溪漁隱叢話所載：

詩選云朱喬年絕句：「春風吹起籜龍兒、戢戢滿山人未知、急喚蒼頭斸煙雨、明朝吹作碧參差。」蓋前人有詠筍詩：「急忙且喫莫躕躕、一夜南風變成竹。」喬年點化、乃爾精巧、余觀魯直已先有句、從斌老乞苦筍云：「煩君更致蒼玉來、明日風雨變成竹。」前詩並蹈襲魯直也。

此言換骨之法、臨摹舊詩、遠紹其意、細辨之、殆是同一機杼也。

前賢作詩、皆擅此道、山谷詩如詠明皇時事：「扶風喬木夏陰合、斜谷鈴聲秋夜深、人到愁來無處會、不關情處亦傷心。」其意乃襲自白樂天詩：「峽猿亦無意、隴水復何情、爲到愁人耳、皆爲斷腸聲。」用古詩意而自鑄新詞、卽換骨法也。又如其詩：「石吾甚愛之、勿使牛礪角、牛礪角尚可、牛鬬殘我竹。」其詩意乃規摹李白獨漉篇：「獨漉水中泥、水濁不見月、不見月尙可、水深行人沒。」觸類引申、以綴葺成詩、此奪胎法也。又如僧慧標詠水詩：「舟如空裏泛、人似鏡中行。」沈佺期釣竿篇：「人如天上坐、魚似鏡中懸。」老杜春水老年一聯、實奪胎於二詩、自成警句、至春水船如天上坐、則祖述沈佺期之語、繼之以老年花似霧中看、蓋觸類而長之。餘如李白：「人行明鏡中、鳥度屛風裏。」盧懷愼：「樓台影就波中出、日月光疑鏡裏懸。」是皆體貼此意。

粫略論之、奪胎換骨之法、要皆以故爲新、以俗爲雅、鈎深入神、化朽腐爲神奇、黃氏再次韻楊明叔小序曰：「蓋以俗爲雅、以故爲新、百戰百勝、如孫吳之兵、棘端可以破鏃、如甘蠅飛衞之射、此詩人之奇也。」寖假而詩人眞能陶冶萬物、鎔鑄羣言、雖取古人之陳句入詩、亦必能盡得渾然天成之高妙、不著釜鑿拆補之痕跡也。

## 乙、偷勢偷義偷語

昔人詩句、頗多剽竊蹈襲之作、雖巧拙攸分、而其爲偸一也。至於博覽篇什、神與境會、偶合古語者、間或有之、而其自出機杼、戛戛獨造者蓋亦寡矣。唐釋皎然詩式著偸勢偸義偸語之論、然以三者言之、偸語易、偸義難、而偸勢尤難。所謂偸勢者、用古人句律、而不襲其句意、才巧意精、各無朕迹、蓋詩人偸狐白裘手也、如李白：「海風吹不斷、江月照還空。」白居易：「野火燒不盡、春風吹又生。」是也。偸義者、師其意、而不師其辭、稍見斧鑿之痕、如杜甫：「焉得幷州快剪刀、剪取吳淞半江水。」李賀：「欲剪湘中一尺天、吳娥莫道吳刀澀。」是也。偸語者、點竄他人佳句、甚至略易數字以爲己作、皎然斥爲鈍賊、如傅長虞：「日月光太淸。」陳主：「日月光天德。」是也。

上述三偸之意、猶恐未盡全貌、嘗披讀詩話、知其引據可供吾人考覽者殊多、於此可作進一步之解說、如緪齊詩話云：

李白云：「人煙寒橘柚、秋色老梧桐。」老杜云：「荒庭垂橘柚、古屋畫龍蛇。」氣燄頗相敵、陳無己云：「塞心生蟋蟀、秋色上梧桐。」蓋亦出於李白也。

老杜荒庭垂橘柚二句、狀禹廟之景、用事入化、（孫莘老曰橘柚錫貢驅龍蛇皆禹事。）縱不作用事看、則古廳之荒涼、畫壁之飛動、亦更無人可著語、颯然筆墨之妙、後人殊難追其逸步、然細味其句法、又似從太白人煙秋色一聯化出、此眞工於偸勢者也。

至於梅聖兪詩：「南隴鳥過北隴叫、高田水入低田流。」山谷詩：「野水自添田水滿、晴鳩卻喚雨鳩來。」其句法皆自少陵「桃花細逐楊花落、黃鳥時兼白鳥飛。」之句來、杜句桃自對楊、白自對黃、謂之自對格、宛陵之南隴北隴、高田低田、山谷之野水田水、晴鳩雨鳩、皆襲杜詩之勢。

餘如庾信月詩：「渡河光不濕。」杜云：「入河蟾不沒。」唐人云：「因過竹院逢僧話、又得浮生半日閑。」坡云：「殷勤昨夜三更雨、又得浮生一日凉。」杜夢李白云：「落月滿屋梁、猶疑照顏色。」山谷簟詩云：「落日映江波、依稀比顏色。」退之云：「如何連曉語、祇是說家鄉。」呂居仁曰：「如何今夜雨、祇是滴芭蕉。」此皆用古人句律、而不用其句意、可謂善於偷勢也。(例見誠齋詩話)

又如詩人玉屑引室中語曰：

范季隨曰：僕嘗往外邑迎婦、故公有詩見寄云：「萬里投殊俗、餘生老一丘、常憐之子秀、能慰此翁愁、只欲連牆住、胡爲下邑留、黃塵詩思盡、乞與四山秋。」孫內翰見謂曰：此詩卒章、豈用「詩思人間盡、今將入海求。」之意耶。

二詩意同而詞殊、皆能曲盡其妙、揆其前作之意、殆謂悟盡世態、詩思已澀、欲得新意、惟向四山之秋色乞助耳、正蹈襲後作詩意、此借古人之境界、爲我之境界、然偷意棄詞、語足意工、甄陶萬物、善於銷鎔、眞削鐻手也。

又前書引隨筆云：

徐陵鴛鴦賦云：「山雞映水那相得、孤鸞對鏡不成雙、天下眞成長會合、無勝比翼兩鴛鴦。」黃魯直題畫睡鴨曰：「山雞照影空自愛、孤鸞舞鏡不作雙、天下眞成長會合、兩梟相倚睡秋江。」全用徐陵語點化之、末句尤工。山谷改竄數語、裁截成章、雖謂善於點化、終難卸剿襲之責耳。

偷語而善於點化者、前人不乏其例、如庾信云：「永韜三尺劍、長捲一戎衣。」杜甫做之云：「風塵三尺劍、社稷一戎衣」、陸龜蒙云：「殷勤與解丁香結、從放繁枝散誕春。」介甫襲之云：「殷勤與解丁香結、放出枝頭自在春。」皆較原作爲勝。又如荆公徑暖之「靜憩鷄鳴午、荒尋犬吠昏。」則「一鳩鳴午寂、雙燕話春愁。」之蛻變、閒居之「細數落花因坐久、緩尋芳草得歸遲。」則「興闌啼鳥換、坐久落花多。」之倣製、亦庶乎工於效顰者也。

綜括前後而言、其意自見、如山谷題畫睡鴨一絕、工部風塵社稷一聯、則偷語也；黃塵詩思盡、乞與四山秋、則偷義也；老杜荒庭垂橘柚二句、則偷勢也。至其驅遣詞彙、縫雲裁月之功、惟待學詩者自去揣摩、癡學卷五曰：「襲前人字句、以爲己有、與作賊無異、然賊最須善作、必較原本更爲佳妙、雖失主認贓、亦難辨別、方爲能手、若活剝生呑、到案即破、則爲笨賊矣。」聞此語眞堪絕倒、然其中饒有深意、宜細思之、以下再分舉各類詩例、以資談助。

## （一）偷勢詩例

鶯隨入戶樹、花逐下山風。 陰鏗

水流行地日、江入度山雲。 杜甫

鑿開青帝春風圃、移下姮娥夜月樓。 徐仲雅

鑿開魚鳥忘情地、展盡江湖極目天。 元憲

可憐夜半虛前席、不問蒼生問鬼神。 李商隱

可憐一覺登天夢、不夢商岩夢櫂郎。 馬存

南北戰爭蝸兩角、古今興廢貉同丘。 呂惠卿

功名富貴兩蝸角、險阻艱難一酒杯。 黃庭堅

山鶯空曙響、壠月自秋暉。 何遜

映階碧草自春色、隔葉黃鸝空好音。 杜甫

## （二）偷義詩例

峽束滄江起、巖排石樹圓。 杜甫

峽束滄淵深貯月、巖排紅樹巧裝秋。 蘇軾

宮女如花滿春殿、只今惟有鷓鴣飛。　李白
日暮東風春草綠、鷓鴣飛上越王臺。　竇鞏

寒衣處處催刀尺、白帝城高急暮砧。　杜甫
全家都在風聲裏、九月衣裳未剪裁。　黃仲則

怪來詩思淸入骨、門對寒流雪滿山。　韋應物
共怪滿衣珠翠冷、黃花瓦上有新霜。　王涯

地限一水巡城轉、天約羣山附郭來。　沈彬
一水護田將綠繞、兩山排闥送青來。　王安石

## （三）偷語詩例

水田飛白鷺、夏木囀黃鸝。　李嘉祐
漠漠水田飛白鷺、陰陰夏木囀黃鸝。　王維

竹影橫斜水淸淺、桂香浮動月黃昏。　江爲
疎影橫斜水淸淺、暗香浮動月黃昏。　林逋

空憐板渚隨堤水、不見琅琊大道王。　王士禎
秦淮煙柳空蕭瑟、不見瑯琊大道王。　黃侃

兩都秋色皆喬木、
二祖恩波在細民。　黃庭堅

粗官乞與眞抛卻、
只有詩情合得嘗。　薛能

兩都秋色皆喬木、
一代名家不數人。　元好問

涪翁投贈非世味、
自許詩情合得嘗。　黃庭堅

## 二、鎔成

前述奪胎換骨、偸勢偸義諸端、皆言摹擬之法、後人習之、巧拙有別、其善者固能推陳出新、妙造自然、至其譾陋者、則墨守死法、翻落塵下矣、蘄春黃季剛先生文心雕龍札記曰：「竊謂摹擬、自以蛻化爲貴。」旨哉斯言。姜白石詩集自序二亦云：「作者求與古人合、不若求與古人異、求與古人異、不若不求與古人合而不能不合、不求與古人異而不能不異、彼惟有見乎詩也。」所論適爲學詩之途徑、末言不求合而自與古合、尤近鎔成之旨。夫初學詩者、必從摹擬入手、俟其境熟術深、而後自能去其形貌而得其神理、若但知蹈襲陳言、准方作矩、終爲人之臣僕、三山老人語錄云：「六一居士喜溫庭筠詩：『鷄聲茅店月、人迹板橋霜。』嘗作過張至秘校莊詩云：『鳥聲梅店雨、野色柳橋春。』效其體也」、此一聯殊無足取。永叔之才、豈弱於飛卿耶、亦刻意摹擬害之耳、故文學創作、貴在摹擬之外、自有銷鎔之鑪、以冶古人佳句、檃括入律、渾然天成、不惟可以踵武前賢、抑且可以顯示後出轉精之效、以下分述活法、翻案、銷鎔三端、以明鎔成之旨。

## 甲、活法

吳修齡圍爐詩話有詩貴活法賤死句一則、鈍吟雜錄亦有此言、謂詩有活句、蓋隱秀之詞也、直敘事理、或有詞無意、死句也。是以讀詩宜有活參死參之分、苟能活參、斯可以作活句、否則生呑活剝、刻舟求劍、死在句下、寧非活句死參乎、宋呂東萊論詩講活法、其夏均文集序云：

學詩當識活法、所謂活法者、規矩備具而能出於規矩之外、變化不測、而亦不背於規矩也、是道也、蓋有定法而無定法、知是者可與言活法矣、謝玄暉有言、好詩流轉圓美如彈丸、此眞活法也。

又其序詩社宗派圖亦云：

詩有活法、若靈均自得、忽然有入、然後悟意所出、萬變不窮。細味兩段語意、則知活法實規矩備具後之悟入境界、一旦悟入、自然度越流輩、而悟入之理、惟在工夫勤惰間耳。紫薇詩話云：「只熟便是精妙處。」陳后山云：「時至骨自換。」

熟者必精、力久則入、理勢然也。鄙意悟入之法、當以慕神爲貴。夫慕神者、乃鎔鑄古人、含英咀華、然後盡變古人之形貌、而得其神似者也、如人久處芝蘭之室、雖不佩香囊、而遍體香氣襲人、若但知遍參句法、仍不免流於摹擬剽竊之弊、老杜詩：「讀書破萬卷、下筆如有神。」蓋破其卷、得其神、而非取其糟粕也、譬如工蜂採花、貯房自釀、俟其成後、是蜜而非花也。玆舉兩例、以明其旨。

醉貌如霜葉、雖紅不是春。白樂天

小兒誤喜朱顏在、一笑那知是酒紅。蘇東坡

老去詩人似殘菊、經霜被酒不能紅。鄭海藏

上列三詩、語意相類、惟樂天以霜葉明喻酡顏、稍嫌板滯、東坡借小兒誤喜之情襯托、自見曲折之妙、雖語本樂天、而味尤雋永。海藏則用舊公案、傳神盡意、機杼一新、且歲寒心事、見於言外、不僅語妙已也。

柳子厚江雪云：

千山鳥飛絕、萬徑人蹤滅。

孤舟蓑笠翁、獨釣寒江雪。

此詩立意深造、不落凡近、辭淸句澹、造境如畫、細翫味之、則覺絕、滅二韻、恰襯起孤獨二字、又以鳥飛絕、人縱滅、蓑笠、寒江諸詞、狀靜寂之境、而逼出「雪」字、眞畫龍點睛之作也。

陸放翁霜夜云：

梅花欲動夢魂狂、橙子閒搓指甲香。
莫怪草堂淸到骨、一梳殘月伴新霜。

起承二句明節候、兼寫閒適之情、轉句承上得意、並以「淸到骨」一辭、逼出「霜」字、亦是最後點題、手法頗類柳詩、獨全篇立意、不循前蹊、無唯恐失之之態、故深得摹神之法。

## 乙、翻案

詩中有翻案法、大抵掎摭故事或舊詩意、皆反其意而用之、蓋不欲沿襲之耳、如運用得宜、則自拓思路、不隨古人言語、矯然特出新意、較摹擬又更進一層矣、如柳子厚有江雪詩、後來李梅亭作雪詩云：「不知萬徑人縱滅、釣得魚來賣與誰。」乃翻古人公案。要之、動步卽脫變古人言、語方有新意、可知翻案一法、非淺識者所能到、此節祇論反用詩意之法、至古事之反用、則留俟後章、再作解說。如王維詩：

君自故鄉來、應知故鄉事。
來日綺窗前、寒梅著花未。
按此篇就鄉人發問故鄉之事、盡擯塵俗、僅詢其離鄉時曾見梅花否、而遊子思鄉之情、昭然若揭、至荆公卽席詩：
曲沼融融泮書澌、暖烟籠瓦碧參差。
人情共恨春猶淺、不問寒梅發幾枝。
則借摩詰詩意而反用之、是殆直刺世人耽於淫樂之作也。
又如劉禹錫烏衣巷詩：
朱雀橋邊野草花、烏衣巷口夕陽斜。
舊時王謝堂前燕、飛入尋常百姓家。
此嘆金陵之荒廢也、朱雀烏衣、並佳麗之地、今惟有野花夕陽、尋常民居、豈復有王謝堂乎？然燕無所託、依舊飛入、非但燕子掃興、而舊時王謝何以爲情哉？全詩借言於燕、曲筆達意、寫盡滄桑、而歐陽碙東金陵絕句則云：
王謝風流事已非、莫將門巷問烏衣。
生憎無數春深燕、猶趁樓台高處飛。

樓台高處、猶世人趨承獻媚之所也、得以依附棲託、何異燕子、澗東借燕諷世、道盡炎凉之感、一翻禹錫舊意、託興亦妙。又杜牧題烏江驛詩：

勝負兵家事不期、包羞忍辱是男兒。
江東子弟多才俊、捲土重來未可知。

此論項羽垓下之敗、言勝負乃兵家之常耳、若烏江竟渡、生聚敎訓、秣馬厲兵、則捲土重來、湔雪前恥、未必無望焉。至荆公至烏江亭詩則曰：

百戰疲勞壯士哀、中原一敗勢難迴。
江東子弟今雖在、肯與君王捲土來。

蓋荆公或以爲項王卽蓄意亡秦渡江逐鹿、然而垓下之敗、蓋世英名、掃地盡矣、八千江東子弟、且無一生還者、其失盡人心也必矣、誰人肯復依附之耶?遂翻牧之舊案、雖詩由牧之句中脫化而出、惟措辭立意全異耳。

餘如杜甫云：「忽憶往時秋井塌、古人白骨生蒼苔、如何不飮令人哀。」至東坡則云：「何須更待秋井塌、見人白骨方銜盃。」太白云：「解道澄江靜如練、令人還憶謝元暉。」至魯直則云：「憑誰說與謝元暉、休道澄江靜如練。」工部云：「明年此會知誰健、醉把茱萸仔細看。」至劉浚則云：「不用茱萸仔細看、管取明年各強健。」王文海云：

「鳥鳴山更幽。」至介甫則曰：「茅簷相對坐終日、一鳥不鳴山更幽。」皆曲盡翻案之法矣。

## 丙、銷　鎔

香泉偶贅曰：鍾伯敬評林鴻經綺岫故宮詩云：「此等歌行妙在與盛唐酷肖、而其不盡妙處、亦在與盛唐酷肖。當其未肖也、求其肖、及其肖也、又當脫其肖。肖與不肖之間、詩之道過半矣。」故清新之境界、必有賴於推陳出新、自陳言中脫化而出、使平字見奇、常字見險、陳字見新、樸字見色、「原詩」卷三曰：「陳熟生新。」殆爲銷鎔之說也、故作詩無論奪胎換骨、偸義偸勢、必妥貼渾成、然後顧盼生姿、若脯醢菜羹、使善庖者烹之、必勝原味、自溢清香、夫善詩者亦然、雖融化成句、運斤生風、然思之愈精、造語愈工、皆能於陳中見新、一似不煩繩削而自與古合者、絕無無鹽畫眉、嫫母學顰之弊、如章碣焚書坑詩：「竹帛煙銷帝業虛、關河空鎖祖龍居、坑灰未冷山東亂、劉項原來不讀書。」陳剛中博浪沙詩：「一擊車中膽氣豪、祖龍社稷已驚搖、如何十二金人外、猶有民間鐵未銷。」二詩詠秦始皇事、同一機杼也、而不覺蹈襲。明乎此、殆可以語銷鎔之妙矣、又如陳陶隴西行：

誓伐匈奴不顧身、五千貂錦喪胡塵。
可憐無定河邊骨、猶是春閨夢裏人。

此詩初看、似詠邊塞征戍事、殊不知語意皆有所本、後漢肅宗詔曰：「父戰死於前、子死於後、弱女乘於亭障、孤兒號於道路、老母寡妻、設虛祭、飲泣淚、相望歸魂於沙漠之表、豈不哀哉？」李華弔古戰場文祖述其意：「其存其歿、家莫聞知、人或有言、將信將疑、悁悁心目、夢寐見之。」及至陳陶詩出、意雖祖此、而造語淒婉、較前愈工、見者不覺其用事、凡此皆深得奪換之妙也。

藝苑雌黃嘗舉一例：

杜陵謁玄元廟、其一聯云：「五聖聯龍袞、千官列雁行。」蓋紀吳道子廟中所畫者、徽宗嘗製哲廟挽詞、用此意作一聯云：「北極聯龍袞、西風折雁行。」亦以「雁行」對「龍袞」、然語意中的、其親切過於本詩、玆不謂之奪胎可乎。

五聖千官兩句、係杜陵冬日謁洛城玄元皇帝廟時所作、原注：廟有吳道子畫五聖圖。按五聖者、即神堯大聖（唐高祖）、文武大聖（唐太宗）、天皇大聖（唐高宗）、孝和大聖（唐中宗）元貞大聖（唐睿宗）五主、事詳通鑑。雁行謂相次而行、如雁之有行列也、千官列雁行、乃謂祀廟時、千官排列如雁行耳。若宋徽宗襲用杜詩結構、而其意卻自起樓閣、蓋雁行亦喻兄弟、哲宗則徽宗之兄也、遂用西風折雁行句以寄其哀、語意貼切、親切勝於原詩、是知善獵取者、雖野味亦堪供珍饈矣。

# 第四章　論裁對與用典

## 一、裁　對

吾國文字、形體同模、一字一音、一音一義、宜於對偶、殆出自然、故天地之間、舉凡草木蟲魚之名、晨昏風雪之候、日星河嶽之狀、媸姸病愁之容、與夫古今之變、萬彙之賾、悉可奇偶迭用、比類爲朋、而發爲篇章、形諸詩賦、尤足表文學之聲色。劉彥和文心雕龍麗辭篇、以「體植必兩、辭動有配。」爲駢偶行文之法、實則徵諸律句、尤甚於文、蓋律體成篇、貴在頷腹兩聯、意之輕重、力之大小、皆當如五雀六燕、銖兩悉稱、詩人必於此運斤施鑿、大費安排、至於能者入手、則如通衢廣陌、善馭者縱橫馳逐、惟意所之、形之於詩、必言隨意遣、意與境合、可以見開闔反正、跌宕昭彰之妙、又不僅儷白配黃、增采潤詞已也。是知欲工律句、首宜精研屬對之理、繼而求其飛騰變化之迹、庶不背習詩次第之功。鄙意琢對大要、不過二端、曰體曰用而已、體者蓋取虛字實字、雙聲疊韻、配辭作偶、以明矩矱、用者則論其對比、虛實、流水之變、而體製實又不脫於格律之外、譬猶鏡花水月、體者水與鏡也、用者月與花也、使水涸鏡破、又安能見花月哉？惟前者有則可循、實爲入門初階、後者綜錯爲用、是更進一解矣。以下就裁對之方、牰略論之、至精嚴處、恐未能盡也。

## 甲、屬對之體

律詩句法、莫要於對仗、文心雕龍麗辭嘗立言對事對、正對反對之論、鈎玄提要、撮其大略、惟所論皆近於用、至唐上官儀出、初標六對八對之目、對仗始有方可執、玆據詩人玉屑引詩苑類格所載如左：

唐上官儀曰：「詩有六對；一曰正名對、天地對日月是也；二曰同類對、花葉草芽是也；三曰連珠對、蕭蕭赫赫是也；四曰雙聲對、黃槐綠柳是也；五曰叠韵對、彷徨放曠是也；六曰雙擬對、春樹秋池是也。」又曰：「詩有八對、一曰的名對：『送酒東南去、迎琴西北來。』是也；二曰異類對：『風織池間樹、蟲穿草上文。』是也；三曰雙聲對：『秋露香佳菊、春風馥麗蘭。』是也；四曰叠韻對：『放蕩千般意、遷延一介心。』是也；五曰聯綿對：『殘河若帶、初月如眉。』是也；六曰雙擬對：『議月欺眉月、論花勝頰花。』是也；七曰廻文對：『情新因意得、意得逐情新。』是也；八曰隔句對：『相思復相憶、夜夜淚沾衣、空嘆復空泣、朝朝君未歸。』是也。」

上舉諸法、人皆習知、嘗鼎一臠、足概其餘、固毋煩嘵論、至如元兢六對、皎然八對、崔融三對之說、亦並載文鏡秘府論、茲不贅述、唯所謂當句對、蹉對、假對諸端、因散見詩話、人多不能道其詳、今並論之、以明其法。

## (一) 當句對

七律之當句有對體、洪邁容齋隨筆嘗援例言之、謂：「唐人詩文、或於一句中自成對偶、謂之當句對。」蓋昔人作詩、有就句對、而兩句更不須對者、如杜少陵「小院迴廊春寂寂、浴鳧飛鷺晚悠悠。」李義山之「青女素娥俱耐冷、月中霜裏鬬嬋娟。」亦尙能凌紙生新、別饒姿致、尤以白香山寄韜光禪師詩、極七律當句對之妙、沾溉後人不淺、至宋以下、用法益巧、王禹玉詩：「舞急錦腰迎十八、酒酣玉醆照東西。」按樂府六么曲有花十八、古有東西杯、而十與八、東與西乃當句對也、詩家此製、爲例繁多、如蘇東坡之「白雲自占東西嶺、明月誰分上下池。」關子東之「鐘聲互起東西岸、漁火遙分遠近村。」俱有思致、不見堆垜、茲再舉數聯於後、以示一斑。

池光不定花光亂、月氣初涵露氣乾。李義山當句有對

露草欲隨霜草盡、歸檣時度去檣陰。呂居仁題淮上亭子

但說漱流並枕石、不辭蟬腹與龜腸。陸魯望

姑遲一食當再食、更壞何衣補此衣。冒借盧

風聲遠送樹聲到、水氣涼兼花氣浮。朱紫貴初秋泛湖

晼晚留春更留月、玲瓏如玉也如珠。籜石詠纓花

又嘗見瀛奎律髓引杜甫屏跡詩：「桑麻深雨露、燕雀半生成。」原批曰：「或問雨露二字雙重、生成二字雙輕、可以爲法乎？雨自對露、生自對成、此輕重各對之法也、必善學者始能之。」按此格亦屬當句對、古人偶用之、惟意高則不覺耳、如王維「江流天地外、山色有無中。」杜甫「三分割據紆籌策、萬古雲霄一羽毛。」唐彥謙「獨來成慣望、不去泥欄干。」賈島「此地聚會夕、當時雷雨寒。」陳後山「車笠吾何恨、飛騰子莫量」、皆二實字對二虛字、以輕重屬配也。因論當句對、故連類及之。

## (二) 蹉對

蹉對之法、宋沈存中曾略言之、其夢溪筆談卷十四曰：「韓退之集中羅池廟碑銘有春與猿吟兮、秋與鶴飛、石刻乃春與猿吟兮、秋鶴與飛、古人多用此格、如楚辭吉日兮良辰、又、蕙殽蒸兮蘭藉、奠桂酒兮椒漿、蓋欲相錯成文、則語勢矯健耳。」案蘭藉椒漿兩句、

當云蒸蕙殽對奠桂酒、今倒用之、謂之蹉對。又藝苑雌黃引荆公詩：「春殘葉密花枝少、睡起茶多酒盞疎。」謂此一聯以「密」字對「疎」、以「多」字對「少」、正交股用之、所謂蹉對法也。前人詩如：「軸轤爭利涉、來往接風潮。」「野老就耕去、荷鋤隨牧童。」皆用此法。

## （三）假對

石林詩話曰：「杜工部詩對偶至嚴、而送楊六判官云：『子雲清自守、今日起爲官。』獨不相對、竊意今日字、當是令尹字傳寫之訛耳。」吳旦生箋曰：「假雲以對日、謂之假對。」詩家有假對、本非用意、蓋造語適到、因以用之、而晚唐諸子、遂立以爲格。賈閬仙詩：「卷簾黃葉落、開戶子規啼。」杜牧之詩：「當時物議朱雲小、後代聲名白日懸。」以黃葉對子規、子諧聲爲紫、朱雲對白日、皆取假對之意、他如「根非生下土、葉不墜秋風。」「五峰高不下、萬木幾經秋。」以「下」對「秋」、蓋夏字聲同也。「因尋樵子徑、偶到葛洪家。」「殘春紅藥在、終日子規啼。」以「子」對「洪」諧聲爲紅、以「紅」對「子」諧聲爲紫、皆假其色也。「閑聽一夜雨、更對栢巖僧。」「住山今十載、明日又遷居。」以「一」對「栢」栢借作百、以「十」對「遷」遷借作千、假其數也。上引詩例、並見蔡寬夫詩話、又老杜詩：「枸杞因吾有、鷄栖奈汝何。」枸諧聲爲狗、王荊公詩：「洲迴藏迷子、谿深礙若耶。」耶音爺、元人成原常詩：「人憐狗監知司馬、我喜龍門識李膺。」膺借作鷹、其對意同。

## 乙、屬對之用

前述裁對之體式、實爲基本矩矱、習者宜細揣之、然後求其錯綜變化之用。大抵詩之屬對、固在精工、然工而板滯、則氣絕神散、譬之斷蛇剖瓜、生韻全無、是知一聯之中、最貴跌宕生姿、或虛實雙生、如遇神龍、或今昔迭用、逆挽成趣、或剛柔聯璧、錯落有致、或流水行雲、一氣揮灑、令人尋繹不絕、如剝蕉心、卷曲脫換、而益嘆詩思之無窮矣、因論屬對之用。

自來言屬對之用者甚鮮、而劉彥和文心麗辭嘗標四對之法、殆爲濫觴、其言曰：

言對者、雙比空辭者也。事對者、並舉人驗者也。

反對者、理殊趣合者也。正對者、事異義同者也。

所論雖非爲詩言、然詩中屬對、固莫能外也、試徵諸律句、則「孤城背嶺寒吹角、獨戍臨江夜泊船。」言對之類也。「伯仲之間見伊呂、指揮若定失蕭曹。」事對之類也。「管樂有才原不忝、關張無命欲何如。」反對之類也。「武帝祠前雲欲散、仙人掌上雨初晴。」則正對之類矣。正對之句、鋪陳其事、於古大家詩中、蓋十而七八、此不贅言。事對之句、稽古徵事、可置後章研論。至反對一法、理殊趣合、足闡詩中幽微、開後世無窮法門。古人之作、法雖多端、大抵前靜者後或動、半濶者半或細、一實者一或虛、疊景者意必二、觸類而思、理斯可見、今試尋轍迹、更作演繹。

## (一) 對比

對仗貴工而能變、變而能化、故偶詞屬意、倘能對映生趣、則風華韻味、庶幾迥異常格。夫天生萬物、羅列森然、其中對比寄情、襯說得神者多矣、是以色澤不同、花葉自然殊異、濶細有別、景致迥乎逕庭、或既知肉臭朱門、則野殍何堪寓目?或塞外已沒前軍、而帳下美人猶舞、凡此種種、才人與會屬辭、往往各臻高妙、變化斡旋、神而明之、此豈配白儷靑者所能及乎。以下請就剛柔、晦明、人我、鉅細、動靜諸端、羅而述之。

### (子) 剛柔

陰陽剛柔、元爲文章氣象、姚鼐復魯絜非書、釋之甚詳、曾國藩文章四象、亦有此論、約略言之、陽剛者氣勢浩瀚、如崇山峻嶺、如伐鼓鳴金、如射鵰塞北、飮馬黃河、如錢塘潮、射盡千弩、仍作天聲、如蘇軾文、雄偉縱橫、光燄萬丈、此天地遒勁之氣也。陰柔者韻味醇深、如細澗微淪、如盲笛遠簫、如漁歌唱晚、春雨江南、如西湖水、泛夜一棹、隨波自適、如白石詞、深美閎約、情韻不匱、此天地溫厚之氣也。倘以剛柔二氣、施諸對仗、自然掩抑得趣、饒有活動之機、杜詩如：「江間波浪兼天湧、塞上風雲接地陰。」上句波瀾壯濶、頗具排奡之力、下句定象於靜、雅得柔厚之氣、觀其詩意、則句之剛柔、舉有殊焉。又如工部之「無邊落木蕭蕭下、不盡長江滾滾來。」蕭蕭狀落木、造境深遠閑澹、滾滾狀長江、則雄渾之氣、已成排山倒海之勢矣。許渾「溪雲初起日沈閣、山雨欲來風滿樓。」黃山谷「震雷將雨度絕壑、遠水連天吞釣舟。」蘇東坡「天外黑風吹海立、浙東飛雨過江來。」王靜安「水聲粗悍如驕將、山色淒涼似病夫。」亦皆略近此類、涵詠詞華者、細揣其氣勢之剛柔、句意之靜動、當易得其髣髴也。

（丑）晦明

晦明者、謂光線彊弱之變也。蓋詩貴選色、而明晦相襯、殆爲一法、譬猶繪事、寫山而無明晦、謂之無日影、爲畫中避忌、寫花卉者、則宜審偃仰疎密、向背濃澹、使各皆得中、輒栩栩如生、一臻神妙之境。而詩理亦然、如工部咏雨：「野徑雲俱黑、江船火獨明。」野徑句混濁、江船句清淨、兩相照映、遂已窮形色之佳、不待分明說盡、便暮出夜雨之神矣。王維「海暗三山雨、花明五嶺春。」老杜「紫崖奔處黑、白鳥去邊明。」許渾「瘴雨欲來楓葉黑、火雲初起荔支紅。」蔡君謨「天際烏雲含雨重、樓前紅日照山明。」杜少陵「遠水兼天淨、孤城隱霧深。」宋之問「江靜潮初落、林昏瘴不開。」是皆於對句之中、爲晦明相生之辭、凡如此類、不遑枚舉、但透悟者拈來卽是。

（寅）人我

人我屬對、元無異趣、惟述己之情、偶從對面着筆、亦雅得橫宕開拓之功、如工部送韓十四江東省親詩：「我已無家尋弟妹、君今何處訪庭闈。」已是淪落天涯、猶自懷鄉戀闕、設此一問、則離情歸思、益增無限悲淒。東坡詩：「師已忘言眞有道、我除搜句近無功。」師已耆破禪關、我猶枯腸搜句、相襯見情、饒有韻致、要之、兩句之用、如張弓然、右手挽而左手拒、然後發矢以遠。古人詩中、此例甚夥、不暇博引、玆列舉數聯、以示隅反。

以我獨沉久、愧君相見頻。司空曙

顧我無衣搜藎篋、泥他沽酒拔金釵。元稹

君緣接坐交珠履、我爲分行近翠翹。李商隱

詩句對君難出手、雲泉勸我早抽身。蘇軾

此地酒帘邀我醉、隔船簫鼓送人歸。郭麟孫

作客蕭條官舍下、逢君歌哭酒壚旁。（朱彝尊）

（卯）鉅細

兩間萬物、形非同模、博大細微、參差互見、是故不臨池潢、焉知滄溟之濶、而一登岱華、始訝培塿之低、倘能陶甄乾坤、師天寫實、對比相成、必得佳觀、如「孤帆一葉與天爭。」以小景襯大景、「萬里雲羅一雁飛。」則大景中有小景、外似不稱、實見其妙、寖假而對偶雋句、鉅細兼收、與心匠之運、沆瀣融會、迭更生趣、又未嘗不臻高詣也、如工部咏明妃詩之頷聯云：

一去紫臺連朔漠、獨留青塚向黃昏。

上句寫黃雲邊塞、關山無極、蒿目萬里、氣象空濶。下句適得其反、靑草廻墳、黃土一坏、惟對昏暝之景耳。兩句詩風搖曳、極有韻致。東坡詩云：「見說騎鯨遊汗漫、亦曾捫虱話辛酸。」以「鯨」爲「虱」對、大小氣焰不等、然秀傑之氣、終不可沒。外如錢起「浮天滄海遠、去世法舟輕。」賈島「萬水千山路、孤舟一月程。」白居易「松排山面千重翠、月點波心一顆珠。」張之洞「鬢邊霜雪秋催白、山勢龍蛇雨洗靑。」諸聯、設景遣辭、咸以鉅細相頡頏、習者揣之、思過半矣。

（辰）動靜兼論聞見

詩中摹景、固莫外動靜聞見之屬、惟能者妙爲運用、乃可無往不宜、詩人玉屑卷之四、論風騷句法、於此援例甚繁、今摘其雋句述之、以備考鏡。五言：「衆鳥高飛盡、孤雲獨去閑。」先動後靜、如香斷金猊。「野花寒更發、山月暝還來。」先靜後動、如高僧出定。「聽錫樵停斧、窺禪鳥立槎。」動中有靜、譬之竹影掃塵。「庭閑花自落、門閉水空流。」靜中有動、譬之潭底遊犀。至「日出衆鳥散、山暝孤猿吟。」則動中有靜、靜中有動、恰如飛鳥度池矣。七言：「野蒿自發空臨水、江燕初歸不見人。」先動後靜、如歸雲入洞。「放魚池涸蛙爭聚、棲燕梁空雀自喧。」先靜後動、如蟄蟲應雷。上擧諸聯、爲動靜之例、至於聞見對偶之法、亦自如此、試觀以下句式、五言：「山虛風落石、樓靜月臨門。」上句有聲、比之天仙搖佩。「澄潭寫度鳥、空嶺應鳴猿。」下句有聲、比之阿香挽車。「海風吹不斷、江月照還空。」先聞後見、如鶯囀喬林。「塔影掛靑漢、鐘聲和白雲。」先見後聞、如雁陣驚寒。七言：「風引漏聲來枕上、月移花影到窗前。」上句有聲、謂之碧落吹簫。「蒼苔路熟僧歸寺、紅葉聲乾鹿在林。」下句有聲、謂之淸江鼓瑟。要之、細心揣摩、善於變化、自能造境深邃、雅得風致。

## （二）虛實

虛實迭用、亦詩中度句之法、習者細審虛實、以意取之、詩自美矣。瀛奎律髓曰：

「周伯弜詩體分曰實曰虛、前後虛實之異、夫詩止此四體耶、有大手筆焉、變化不同、用一句說景、用一句說情、或先後、或不測云云。」虛谷之論、洵深中竅要、蓋虛實相成、情景相生、亦聯中之一體、然縱橫變化、莫測端倪、豈若瑣瑣鐫砌者之詩哉？茲先述情景之對、以次類及其餘焉。

(子) 情景

景無情不發、情無景不生、情景名爲二、而實不可離、神於詩者、妙合無垠、情景交融、渾然無跡。第對句中、倘一情一景、則可避詩思不出二百里之誚、令人咀嚼、能起生新之感、韻語陽秋曰：「律詩中間對聯兩句、意甚遠而中實潛貫者、最爲高作。」知言之論、深足可尙、杜詩如「高風下木葉、永夜攬貂裘。」情景雙收、掩抑生姿、蓋讀上句、誠難測下句如何接出、此所以爲妙也。賈閬仙詩：「身世豈能遂、蘭花又已開。」昧者必謂身世不可對蘭花二字、然深味之、乃殊有韵致。東坡「酒闌病客惟思睡、蜜熟黃蜂亦嬾飛。」酒闌病客句、我也、情也、蜜熟黃蜂句、物也、景也、繫風捕影、神妙流動。后山「老形已具臂膝痛、春事無多櫻筍來。」上句言身欲老也、下句言春欲盡也、以情對景、沉著深鬱中、有無窮之味。陳簡齋詩：「客子光陰詩卷裏、杏花消息雨聲中。」以客子對杏花、以雨聲對詩卷、一我一物、一情一景、外若不等、而意脈體格實佳、又、「世事紛紛人老易、春陰漠漠絮飛遲。」以春陰爲世事對、以絮飛爲人老對、一句情一句景、與前客子杏花之句、律令無異。凡此類唯知者遇之、不然亦鶻突看過、作等閒語耳。餘如沈佺期「九月寒砧催木葉、十年征戰憶遼陽。」李義山「浮世本來多聚散、紅蕖何事亦離披。」陳簡齋「官裏簿書無日了、樓頭風雨見秋來。」范石湖「心情詩卷無佳句、時節梅花有好枝。」皆含情會景、能解妙旨。

（丑）遮表

昔人詩中、有用是非有無等字作對者、是有即表、非無即遮、或前遮後表、或前表後遮、藉以陳詩展義、亦能使氣飛動、緣情宛密、義山春日寄懷詩：「縱使有花兼有月、可堪無酒又無人。」花月之夕、固爲良辰、惟無酒無人、反不如併花月而去之、二語沈痛之極。東坡詩「人似秋鴻來有信、事如春夢了無痕。」人來有信、一似秋鴻、事去無痕、恰如春夢、一遮一表、一實一虛、神妙流動、殆不可測。

（寅）今昔

詩人偶傷今昔、發爲感慨、最得廻旋曲折之妙、或早歲矜驕榮寵、投老遁跡空門、或摩挲折戟、忽憶銅雀春深、至於去年人面、重來雀護、沈園春波、驚鴻何處、是皆深意堪愁、不可具說、形諸詩咏、感蕩心靈、李義山馬嵬詩：「此日六軍同駐馬、當時七夕笑牽牛。」此聯詠明皇幸蜀事、當年七夕、密相誓心、此日六軍駐馬、請誅貴妃、廻復幽咽、排宕悽婉。溫飛卿蘇武廟：「回日樓台非甲帳、去時冠劍是丁年。」言回漢之日、徒嘆甲帳已非、算丁年奉使、皓首而歸、空傷歲月之逝、今昔相循、觸人幽緒。至張說「昔記山川是、今傷人代非。」李義山「於今腐草無螢火、終古垂楊有暮鴉。」劉禹錫「人世幾回傷往事、山形依舊枕寒流。」弔古傷今、固亦不勝滄桑之感矣。

（卯）時空

近人何敬羣益智仁室論詩隨筆曰：「時空二者、爲托意借題之由、爲賚我發揮感想、取材備物之範圍、能不悞取、則無詩病、能取得其要、則與我所欲發者、成相得益彰之訴合。」此言詩中法勢、洵確論也。實則時空二者、倘能明其正變、善其綜錯、而分用於對偶兩句、亦殆可盡詩法之美、杜詩登高云：「萬里悲秋常作客、百年多病猶登臺。」萬里、地遼遠也、百年、人暮齒也、二句時空相生、寄慨蒼涼。柳子厚「一身去國三千里、萬死投荒十二年。」高適「怨別自驚千里外、論交卻憶十年時。」王荆公「萬里書來兒女瘦、十月山行冰雪深。」黃山谷「詩酒一年談笑隔、江山千里夢魂通。」其對意皆同此類。

## （三）流　水

律詩對仗、往往一聯兩句雖互相關照、而語意各明、流水對則不拘繩墨、自爲町畦、兩句非合而觀之、其意不顯、如劉眘虛「時有落花至、遠隨流水香。」何中「聊隨碧溪轉、忽與白鷗逢。」兩句一意、氣勢連貫、一脈相承、十分圓暢流動、驟讀之似自然言語、細察之則字字對偶。老杜「鴻雁幾時到、江湖秋水多。」意在一貫、閒雅不凡。蘇軾「豈意青州六從事、化爲烏有一先生。」二句渾然一意、無斧鑿痕、更覺有功。賈島詩：「相思深夜後、未答去年書。」初看甚澹、細看十字一串、不喫力而有味、皆句法之變也。至義山「玉璽不緣歸日角、錦帆應是到天涯。」則已開因果對之先河、又不僅疏通脈絡已也。此在唐宋諸公、固能俯拾卽得、不礙其渾成、後人圖其簡易、率爾操觚、則將爲學季良不得、徒貽畫虎類犬之譏矣、此訣殆詩家金鍼、可以繡出鴛鴦、豈可忽乎哉。玆再舉數聯、以爲斑豹之窺焉。

遙憐小兒女、未解憶長安。杜甫

不辨風塵色、安知天地心。張巡

天寒一雁叫、夜半幾人聞。楊萬里

何期今日酒、忽對故園花。文森

忽聞畫閣秦箏逸、知是鄰家趙女彈。徐安貞

但將酩酊酬佳節、不用登臨怨落暉。杜牧

如今城裏抛團扇、應是山中試裌衣。姜白石
但知家裏俱無恙、不用書來細作行。黄庭堅

## 丙、屬對之禁忌

律體之有對仗、乃撮合語言、功成眷屬、愈能使不類爲類、愈見詩人心手之妙、前擧對比、虛實、流水諸端、皆兩層開拓、反正淋漓、渾然天成、不見牽率處、故能並臻高詣、然其間對句用字、亦須妥貼諧適、以求銖稱兩敵、抒情立意、宜矯變莫測、以免駢拇傷格、今試尋詩中對偶之禁忌、蓋有數焉。

### （一）畸形不整

對句之造語用字、間不容髮、配搭剪裁、力求工切、庶幾妻齊、勿同耦怨、如荊公「細數落花因坐久、緩尋芳草得歸遲。」吾人但覺其舒閑容與之態耳、而細審虛字實字之排比、皆經隱括權衡、妥貼明白、至「去棹如飛移岸走、有山無數渡江來。」一聯、則以岸山江三實字、分隸兩部、爲三足蟾、致成白璧之瑕、又如：

頗疑風露花前立、最愛湖山雪後看。

以風露對湖山、固成配偶、然下語復著「雪」字、又與風露同類、句欠整飭、便成疵病。再者如好惡、窮通、皆子母排比字、與功名、饑寒義屬一類者、不可屬對、犯者謂之「子母相失。」至春雨蝴蝶、亦斷不可對雲煙猿鶴、蓋前者爲一事、後則爲二事、與上類句法、皆失之不整、而爲對偶之疵累一也、近人陳海瀛希微室折枝詩話稿、於此論列至備、足資考覽、凡此類在律詩中雖無其精嚴、然亦須避之爲是。

## (二)意涉合掌

詩之對偶、一應求其工、再應避其複、如對仗工穩、而意涉重出者、謂之合掌。謝惠連「雖好相如達、不同長卿慢。」劉越石「宣尼悲獲麟、西狩泣孔丘。」以一人而強分之爲兩對句、徒貽蛇足之誚。又如「蟬噪林愈靜、鳥鳴山更幽。」意亦涉於合掌、而荊公集句、以「風定花猶落」對「鳥鳴山更幽。」則上句靜中有動、下句動中有靜、固已矯此病矣。蔡寬夫詩話曰:「晉宋間詩人、造語雖秀拔、然大抵上下句出一意云云、唐初餘風猶未殄、陶冶至杜子美始淨盡矣。」然而工部客至之頷聯云:

花徑不曾緣客掃、蓬門今始爲君開。

句意似微覺複疊、浣花詩律已到聖處、此聯殆率易爲之、偶失檢耳、至其秋興之「叢菊兩開他日淚、孤舟一繫故園心。」登樓之「錦江春色來天地、玉壘浮雲變古今。」登高之「萬里悲秋常作客、百年多病獨登臺。」以及李義山錦瑟之「滄海月明珠有淚、藍田日暖玉生煙。」黃山谷登快閣之「朱弦已爲佳人絕、青眼聊因美酒橫。」陳簡齋對酒之「人間多待須微祿、夢裏相逢記此杯。」陸放翁書憤之「樓船夜雪瓜州渡、鐵馬秋風大散關。」則均停勻密緻、意不合掌、此所謂圓規而方矩者也。

## (三) 主格未確

律詩一句一聯、皆有賓主之分、兩句主詞必爲上下相對、如孟浩然早寒有懷詩：「鄉淚客中盡、孤帆天際看。」思鄉之淚、盡於客中、片影孤帆、目斷天際、一情一景、皆以我爲主辭。又如元稹「鄧攸無子尋知命、潘岳悼亡猶費辭。」以人名爲主辭、李義山「蠟照半籠金翡翠、麝熏微度繡芙蓉。」溫飛卿「雲邊雁斷胡天月、隴上羊歸塞草煙。」以蠟麝雁羊爲主辭、是皆搭配停勻、主格分明、至陸放翁詩句：

樓台飛舞祥煙外、鼓吹喧呼明月中。

則於律未合、蓋上句用倒裝法、謂祥煙飛舞於樓台之外、主辭理屬祥煙、對句用順序法、則直謂鼓吹喧呼明月之中、其主詞必屬之鼓吹甚明、然兩邊對看、扞格難通、是知二句主賓之詞未的、於理爲障、又如王湘綺詩：

塵黯素書還自讀、月明烏鵲更何依。

乍看似亦通順、然以句法繩之、則句中語氣動止、不知屬人屬物、遂成語病、蓋對句以烏鵲爲主辭、出句主詞相對、應爲素書、素書乃死物、倘言自讀、適成笑噱、若謂讀素書者自有其人、則又與下句烏鵲不應、語意扞格、實難相屬。湘人劉腴深之「一燎萬家同燼後、半昏羣岫獨歸時。」閩人作折枝之「開遍山花春欲老、坐殘牆月夜將闌。」「微徑得從新鹿跡、寒林失却舊鶯聲。」二句、皆犯此禁、本師李漁叔先生所著風簾客話中、於此闡述至詳、引證繁多、不遑覼縷、以上略舉一二、或可以得其梗槪矣。

## 二、用典

詩之用典、亦謂之用故實、舉凡前代之文章成語與夫人物典故皆屬之、善使事者、不徒可以增加其高華瑋麗之風致、抑且可以化繁爲簡、攝難達之意、於會心莫逆之間、此在詩歌、實爲尤要者也。自來論詩、訾議用典、目爲支離者頗多、如鍾嶸詩品、卽深以用典爲病、以爲古今勝語、多非補假、皆由直尋、並謂淸晨登隴首、羌無故實、明月照積雪、詎出經史、此論自爲矯枉而發、然全憑直尋、不待故實、毋乃過甚其詞。蓋吾人發抒情性、截剪事意、有時決非三五字可盡、於是取況古人、假借史事、用申己意、運化無跡、使人聞之若不可盡、言之則深意朗然、且詩由古體降及近體、有不能不藉隸事以爲修辭之一助者、觀王世懋藝圃擷餘云：

今人作詩、必入故事、有持清虛之說者、謂盛唐詩卽景造語、何嘗有此、是則然矣、然未盡古今之變也。古詩兩漢以來、曹子建出而始爲宏肆、多主情態、此一變也。自此作者、多入史語、謝靈運出、而易辭莊語、無所不爲用矣、又一變也。杜子美出、而百家稗官、都作雅言、馬浡牛溲、咸成鬱致、於是詩之變極矣。子美之後、而欲令人毀靚妝、張空拳、以當市肆萬人之觀、必不能也、然則古詩雖白描、自六朝間已多用典實、至唐而用事之風尤盛、居今日而言詩、專主清空一派、太羹玄酒、鮮不厭其寡味矣。

論用典之道、頗能道出歷朝原委、末數句尤堪玩味、是知一篇之中、用典貼切、旣可資爲取證、亦可濟思力之窘乏、其佳者、猶諸日月、雖終古常見、而光景猶新、杜少陵自謂「讀書破萬卷、下筆如有神」、故其爲詩、乃自有鎔鑄羣言之妙也。

詩所貴乎用典者、非謂堆砌餖飣、塡塞故實、而在神運筆融、無少疏漏、若徒臚陳卷軸、自矜淹博、則拘攣補衲、蠹文已甚、翻不若羌無故實之自高也、古有故尋僻奧、自炫醜博者、黃子雲野鴻詩的病之、曰：

自漢以迄中唐、詩家引用典故、多本之經傳史漢、事事灼然易曉、下逮溫李、力不能運清眞之氣、又度無以取勝、專搜漢魏諸秘書、括其事之冷寂而罕見者、不論其論之當與否、撦剝塡綴於其中、以誇耀己之學問淵博、俗眼被其炫惑、皆爲之卷舌申眉、咄咄嗟賞、師承唯恐或後、二人志慮若此、又安用考厥平生、而後知其邪僻哉。

此論合爲衲被獺祭者而發、亦尋章摘句者所宜引爲藥石者也。

## 甲、用事用辭

用典可區爲用事與用辭二端。事也者、古籍之所載、無論爲故實、爲寓言、凡可比附以入吾詩者、皆是也、如李義山贈鄭讜處士詩之腹聯云：

越桂留烹張翰鱠、蜀薑供煮陸機蓴。

張翰事出晉書、其言曰：「張翰爲齊王冏大司馬東曹椽、冏時執權、翰見秋風起、思吳中菰菜蓴鱸魚膾、遂命駕而歸」。陸機蓴則用士衡詣王武子事、世說新語云：「武子前置數斛羊酪、指以示陸曰：卿江東何以敵此、陸機曰：有千里蓴羹、但未下鹽豉耳」、詩中用事之例甚多、不及枚舉、惟用事非以矜炫博雅、而特以援引古代人事之爲今人所習見者、以曲達情理、俾讀者因習見而易明也、夫然、則用事亦宜有其避忌焉：

生僻　詩貴達意、儻緣徵引冷典僻事、致使讀者因生疏而轉昧其意、則雖工何益。

俗濫　用事尚清新、忌陳腐、如喻人才學之高、動曰五車八斗、繩人詩文之美、輒曰繡虎雕龍、不惟浮泛不切、夸飾失常、且濫調陳腔、文字通套、類此典故、宜避之爲是。

訛誤　凡用事必先洞悉其內容、不可一知半解、稍涉粗疏、或張冠李戴、妄加引用、如誤「伏臘」爲「伏獵」、誤「金根車」爲「金銀車」、皆曾見嗤前史、貽笑士林、吾人當借以爲鑑也。

不倫　凡以故事擬人、必雅稱其行誼與身份、若擬於不倫、聚非其類、卽成瑕疵、「校練務精、捃理須覈」、「引事乖謬、雖千載而爲瑕」、彥和之言、允宜三復。

韓昌黎論文、主「惟陳言之務去」、衍之詩理、恐未必然也。蓋詩不避陳言、凡經史子集之舊語、前人詩文之成辭、悉可剪裁入詩、此得謂之用辭、而不爲詩家詬病、如陸放翁西村醉歸之「酒寧剩欠尋常債、劍不虛施細碎讎」、出語本杜詩「酒債尋常行處有」、人所共知、對語實取劉叉姚秀才愛余小劍、因贈短古中語、所謂「臨行解贈君、勿報細碎讎」、故此一聯亦正以組織成語見長也。至作手則更能鎔鑄陳言、入於翰墨、令人讀之、尋味無窮、渾忘其爲陳言、轉益見其淸新、而無適不可、如靈丹一粒、點鐵成金矣。何況詩中用辭、貴有所本、運化古人陳言、旣可明字句出處、復能多一層聯意。少陵詩無一語無來歷、如其登岳陽樓詩之頷聯云：

吳楚東南坼、乾坤日夜浮。

紀曉嵐謂下句似海詩、賴吳楚句襯出洞庭云云、實則乾坤句出水經注：「洞庭北會大江……湖水廣圓五百餘里、日月若出沒其中」、又杜詩鏡詮等注本、亦有引證、是知五字來歷分明、絕非泛設也。及至宋人、尤精此道、如宋祁落花詩：「將飛更作回風舞、已落猶成半面粧」、按宋元帝妃徐氏無容質不見禮、以帝眇一目、知帝將至、必半面粧以似、事見南史、此「半面粧」所從出也、回風舞則出自李賀詩：「花臺欲暮春辭去、落花起作回風舞」、用詩中成辭、其精確如此。玆再舉元遺山詩三首、以示一斑：

夕陽人影臥平樹、倦客登臨不自聊。且放游魚覓歸宿、
爭教白鷺逞風標。善應寺五首之一

荷經凍雨葉全枯、葦到窮秋影亦疏。爲問風標兩公子、

此中能有幾多魚。題鷺鷥敗荷扇頭

蕭蕭煙景帶霜華、公子風標浪自誇。可道浣花詩境好、

鵁鶄鸂鶒滿晴沙。跋蕭師鷺鷥敗荷扇頭

右三詩連用風標公子字、蓋取杜牧晚晴賦中之語也、牧賦云：「忽八九之紅蓤、如婦如女、墮蘂黦顏、似見放棄、白鷺潛來、邈風標之公子、窺此美人兮、如慕悅其容媚」、三詩悉以鷺鷥比風標公子、而題旨畢見、此皆用辭甚妙故也。

## 乙、用典之法

用典之法、蓋有數焉、玆臚述於次：

### （一）明　用

詩中徵引典實、或明言其人、或明引其事者、是爲明用、如工部別房太尉墓云：「對棋陪謝傅、把劍覓徐君」、按謝安傳：「謝玄等破苻堅、檄書至、安方對客圍棋、了無喜色」、說苑：「季札聘晉過徐、心知徐君愛其寶劍、及還、徐君已沒、遂解劍繫其家橋而去」、工部兩句、分別援引謝安與季札事、可謂明用。又如義山之所居永樂縣久旱、縣宰

祈禱得雨、因賦詩一首、其末二句云：「祇怪閭閻喧鼓吹、邑人同報束長生」、束長生係明用晉書束晳請雨事、緣太康中、晳爲邑人請雨、三日而雨注、衆歌之云：「束先生、通神明、請天三日甘雨零、何以疇之、報束先生」、餘如工部秋興之「匡衡抗疏功名薄、劉向傳經心事違」、春日懷李白之「清新庾開府、俊逸鮑參軍」、皆同此類。

## （二）暗用

暗用典者、宛轉清空、渾然無跡、縱橫變化、莫測端倪、昔人謂：作詩用典、要如禪家語「水中着鹽、飲水乃知鹽味」、此說乃詩家秘密藏也、如劉長卿過賈誼宅詩、頷聯「秋草獨尋人去後、寒林空見日斜時」、疑爲空寫、不知人去後、即用賈生鵩賦：「野鳥入室、主人將去」、日斜句、即用庚子日斜兮、鵩集予舍、識此可悟運典之妙。又如少陵詩：「五更鼓角聲悲壯、三峽星河影動搖」、人徒見凌轢造化之工、不知乃用事也、禰衡傳：「撾漁陽摻、聲悲壯」、漢武故事：「星辰動搖、東方朔謂民勞之應」、則善用事者、如繫風捕影、豈有迹耶（西清詩話）。又董文煥能書善畫、於扇上圖山水、咫尺之內、便覺萬里爲遙、少陵戲題山水圖云：「尤工遠勢古莫比、咫尺應須論萬里」。乍讀似非用事。宋之問陸渾山莊云：「源水看花入、幽林採藥行」、初看只道尋常寫景、殊不知上句暗用陶淵明桃花源事、下次則隱使龐公鹿門採藥事、此皆用事若胸臆語、而不爲人覺者、孰水孰鹽、了無痕跡矣。

## （三）活用

詩中用事、宜令事爲我用、而不爲事使、楊仲弘曰：「用事不可着迹、只使影子可也、雖死事亦當活用」。故詩家使事、不必的切、蓋的切則句死矣、如杜牧贈李中敏：「元禮退歸綸氏學、江允來見犬臺宮」、中敏嘗論鄭注、以注比江允、以中敏之歸潁陽、比李膺之歸綸氏教授、可謂極切、然只爲綸氏恰屬潁陽、反覺死相、必易他地纔活。

楊誠齋謂詩家借用古人語、而不用其意、最爲妙法、此亦使事活法也、如黃山谷詠猩猩毛筆：「平生幾兩屐、身後五車書」、猩猩善飲酒、喜着屐、故用阮孚語、其毛作筆、用之鈔書、故用惠施事、二事皆借人以詠物、初非猩猩毛筆事也。又左傳云：「深山大澤、實生龍蛇」、而山谷中秋月詩云：「寒藤老木被光景、深山大澤皆龍蛇。」龍蛇二字、已非原意矣。

再者、使事必沿襲其事之本字、此其常也、然亦有不盡然者、蓋活用之、如杜詩：「玉衣晨自舉、鐵馬汗常趨」、按安史之亂、哥舒翰與賊將崔乾祐戰潼關、見黃旗軍隊數百、官軍以爲賊、賊以爲官軍、相持久之、忽不知所在、是日、昭陵奏陵內前石馬皆汗流、子美二句、蓋記此事也、卻更石馬爲鐵馬。又少陵詩：「但使閭閻還揖讓、敢論松竹入荒蕪」、用陶潛三徑就荒、松菊猶存之語、卻更爲松竹、習者於此參究、可悟使事活法。

## （四）反用

文人用故事、有直用其事者、有反其意而用之者、詩中謂之翻案法、最爲奇警。李義山詩：「可憐夜半虛前席、不問蒼生問鬼神」、雖說賈誼、然已反其意而用之矣。林和靖詩：「茂陵他日求遺稿、猶喜曾無封禪書」、雖說相如、亦反其意而用之。直用故實、人皆能之、至反用其事、則非淺識者所能到也。蓋翻案之法、須先要有識、識者得題之簡也、次要有筆、筆者議論出奇、曲折翻駁、三要有書、書者引證切合也、識此三者、則自臻高妙矣。

大抵用事、貴明精切肯綮之理、須辨死活虛實之法、至其工者、殆如己出、蔡寬夫詩話引王荆公之言云：

詩家病使事太多、蓋取其與題合者類之、如此乃是編事、雖工何益。若能自出己意、借事以相發明、情態畢出、則用事雖多、亦何所妨。

姜白石詩說曰：

僻事實用、熟事虛用、學有餘而約以用之、善用事者也。

王世懋藝圃擷餘云：

善使事者、勿爲事所使、如禪家云：轉法華、勿爲法華轉、使事之妙、在有而若無、實而若虛、可意悟不可言傳、可力學得、不可倉卒得也。

石林詩話亦曰：

詩之用事、不可牽強、必至於不得不用而後用之、則事辭爲一、莫見其安排鬬湊之跡、蘇子瞻嘗作人挽詩云：「豈意庚子日斜後、忽驚歲在己辰年」、此乃天生作對、不假人力。

諸說見解精闢、皆可資爲法式、至洪容齋詠雪之「天上長留滕六住、人間會有葛三來」、全涉怪誕、楊億詠漢武帝詩之「力通靑海求龍種、死諱文成食馬肝」、純屬編事、是皆堆砌餖飣、活事死用者、習者最宜引以爲戒也。

# 第五章　論鍊字與造句

昔人謂作詩如食胡桃宣栗、剝三層皮、方有佳味、作而不改、是食刺栗與青皮胡桃也。(語見秋星閣詩話)詩不厭改、貴乎精也、能改則瑕可爲瑜、瓦礫可爲珠玉、唐宋名家雖於小詩、亦必埏揉極工而後已、所謂旬鍛月鍊、信非虛言。張文潛曰：「世以樂天詩爲得於容易、而耒嘗於洛中一士人家、見白公詩草數紙、點竄塗抹、及其成篇、殆與初作不侔。」杜詩云：「新詩改罷自長吟。」韋莊亦有「臥看南山改舊詩。」之句、前賢作詩、猶改而復工、下此可知矣。故成詩之初、宜數改求穩、一悟得純、使急於脫稿、倦事修擇、而欲得佳觀、則猶不入溟海、而欲探驪頷之珠也。

古人詩鍊字鍛句、又就師友求其疵而去之、蓋詩常能易一字、而巧拙立判、風趣全異、頗有畫龍點睛之妙。竹坡詩話云：汪彥章將赴臨川、曾吉甫作詩貽之、有「白玉堂中曾草詔、水晶宮裏近題詩。」之句。先示韓子蒼、子蒼改兩字云：「白玉堂深曾草詔、水晶宮冷近題詩。」迥然與前句不侔。金張橘軒詩：「萬里相逢眞是夢、百年垂老更何鄉。」元遺山易爲「萬死相逢眞是夢、百年歸老更何鄉。」較前句益爲淒楚。寒廳詩話曰：「古人有一字之師、昔人謂如光弼臨軍、旗幟不易、一號令之、而精彩百倍。」其此之謂乎？

然則鍛鍊句字、人往往善言之、而及叩之以其所以鍛鍊之故、則茫然莫辨、殊不知其所以必用鍛鍊者、亦唯物象與精神之故也、日人有皆川伯恭者、作湛園詩話論之甚詳、玆不復贅、而迻錄其言於次：

蓋凡作詩未成一語之先、必立以象、象立則精神寓焉、而其爲物也、窈然冥然、倏然忽然、於是心爲之生哀感、情爲之發咏歎、於是文辭以明之物象、和聲以平其所聽、詩蓋於是乎成。是故其語未切物象者、必改造之、務以使剴切、其文未當物象者、必換易之、務以使允當、此古人鍛句鍊字之要旨也。

䛺䛺議論、殊足以藥石時弊、彼篇章字句、不論權衡、妄改妄換、一取綺麗者、允宜三復斯言。

## 一、鍊　字

邱濬謂詩中用字、一毫不可苟、倘一字不雅、則一句不工、一句不工、則全篇皆失、因知鍊字之要、不獨關乎詩之通塞、尤繫乎句之疵美、故古來作者、每斤斤然一字之得失。玆舉選字鍊意、活字點眼、叠字摹神、虛字行氣、實字健句諸法、臚述如次、以見鍊字之梗概焉。

## 甲、選字鍊意

詩貴鍊字、自來作者、不廢此法、然以意勝、而不以字勝、故能平字見奇、常字見險、陳字見新、樸字見色、如容齋隨筆曰：

王荆公絕句云：「京口瓜州一水間、鍾山只隔萬重山、春風又綠江南岸、明月何時照我還。」吳中士人家藏其草、初云「又到江南岸」、圈去「到」字、注曰：「不好、改爲過。」復圈去而改爲「入」、旋改爲「滿」、凡如是十許字、始定爲「綠」。

到、過、入等字、均簡率而無意緒、「滿」字稍佳、亦只逕言春風之滿、不足以表示時序推移之感人者、著一「綠」字、則有以寄「又是一年春草綠」之慨。且全詩句句在暗寫一「望」字、「綠」是目中之色、尤覺貼切也。又崔護題城南詩：

去年今日此門中、人面桃花相映紅。
人面不知何處去、桃花依舊笑春風。

崔護以其語意未工、改第三句曰「人面祇今何處去。」至今所傳、有此兩本、然此詩本意著重在表達今昔不同、物是人非之感觸、僅云「人面不知何處去」、於時間之「今」、未能確實表白、故沈存中夢溪筆談謂其「意未全」也、且「不知」二字、殊嫌冷漠、與全篇之情感不協、又太落實、改作「祇今」二字、則含情無限矣。(中國文學欣賞偶擧)

袁子才咏落花云：「無言獨自下空山。」其友邱浩亭云：「空山是落葉、非落花也。」應改「春」字、都穆節婦詩：「白髮貞心在、青燈淚眼枯。」沈石田以「春」字易「燈」字、尤見佳妙、且禮經云：「寡婦不夜哭。」又有所出矣。此皆立意妥貼、點鐵成金者、不止推敲已也。

## 乙、活字點眼

詩所貴云鍊者、是往活處鍊、非死處鍊也、夫活亦在乎認取詩眼而已、詩眼卽提醒處、亦卽音節之扼要處、猶之畫龍之點睛。往活處鍊、則若龍眼之有一定處所也、大抵五言詩以第三字爲眼、七言詩以第五字爲眼、或謂眼用實字則挺、用響字則響、用拗字則健、殊不知眼用活字、則凌紙生新、旣響且健、最爲警策。

詩人歌詠自然、如日月山川、草木蟲魚等、但抒其一時之直覺觀感、卻無意於事實上之眞知灼見、故設身處地、獨多懸擬之詞、令人吟誦、翻覺有味。其法殆於眼字處用動詞綰合、化無關爲有關、化無情爲有情、看似無理、實則奇絕、是以「孤燈燃客夢、寒杵搗鄉愁。」「孤燭噓夜氣、層樓引雁聲。」皆能語妙意曲、饒生遠韻。如張南史陸勝宅秋雨中探韻詩：「已被秋風敎憶膾、更聞寒雨勸飛觴。」眼用活字、擬人生趣、故金聖嘆評曰：「已被風敎、妙、更聞風雨勸、妙、寫得風雨一片情理、一段興致。」又如鄭孝胥詩：「亂峯出沒爭初日。」亂峯與初日何涉、然著一「爭」字、境界頓活。王荊公嘗編百家詩選、從宋次道借本中間有「暝色赴春愁。」次道改赴字作起字、荊公復定爲赴字、以語次道曰：「若是起字、人誰不能到。」次道以爲然、蓋起字平俗、若小兒言語、赴字假擬入妙、常人百思不到、細味此句、可悟三昧也。

眼用活字、魏慶之詩人玉屑論唐人句法嘗引載之、玆擧數例、以爲斑豹之窺焉。

夜燈移宿鳥、秋雨禁行人。張蠙經荒驛

草砌消寒翠、花缸斂夜紅。駱賓王初秋

白沙留月色、綠竹助秋聲。李白題苑溪館

萬里山川分曉夢、四鄰歌管送春愁。許渾贈何押衙

鶯傳舊語嬌春日、花學嚴粧妒曉風。章孝標古宮行

## 丙、疊字摹神

宋葉少蘊石林詩話曰：「詩雙字最難下、須使七言五言之間、除去五字三字外、精神興致全見於兩言、方爲工妙。」杜詩如「無邊落木蕭蕭下、不盡長江滾滾來。」使聯中摒去蕭蕭滾滾四字、則殊難領略其疏宕之氣矣。又如王維點化李嘉祐詩句爲「漠漠水田飛白鷺、陰陰夏木囀黃鸝。」自見工妙、蓋兩句好處正在添「漠漠」「陰陰」四字、郭彥深曰：「漠漠陰陰、用疊字之法、不獨摹景入神、而音調抑揚、氣格整暇、悉在四字中。」不然、如嘉佑末句、但是咏景耳、人皆可到、不足以傲衆矣。

詩中疊字最難下、唯杜甫用之獨工、其用於律詩首句者、如「娟娟戲蝶過閒幔、片片輕鷗下急湍。」「青青竹筍迎船出、白白江魚入饌來。」是也。用之句尾、如「信宿漁人還泛泛、清秋燕子故飛飛。」「客子入門月皎皎、誰家搗練風凄凄。」是也。用之上腰者、如「江天漠漠鳥雙去、風雨時時龍一吟。」「雲石熒熒高葉燒、風江颯颯亂帆秋」是也。用之下腰者、如「穿花蛺蝶深深見、點水蜻蜓款款飛。」「碧窗宿霧濛濛濕、朱拱浮雲細細輕」是也。聲諧義恰、句句超絕、眞不可及矣。

疊字以穩切爲主、最忌爭奇逞能、古有一句疊三字者、如劉駕春夜之「日日日斜空醉歸。」郪中感懷之「家家家業盡成灰。」望月之「更更更漏月明中。」又貫休山居云：「心心心不住希夷。」修睦送玄泰云：「去去去何往。」慕幽聞猿云：「聲聲聲是斷腸聲。」凡此之類、慧至心靈、偶一爲之則可、倘必刻意經營、則徒曲折其句法以自困、密疊其字眼以自縛、是反落下乘矣。

運用疊字、須著意於雙聲疊韻之布置、蓋雙聲疊韻字、有宜雙不宜疊、宜疊不宜雙處、重字旣雙且疊、尤宜斟酌。再者、疊字不可析用、如悠悠而云悠、迢迢而云迢、渺渺而云渺、皆不成語、此爲用字之避忌、王夫之夕堂永日緒論已略言之、今不贅。

## 丁、虛字行氣

詩中善用虛字、可使氣脈流轉、而抒情敍事、亦往往可藉虛字逼出作者神態。李東陽懷麓堂詩話曰：「詩用實字易、用虛字難、盛唐善用虛、其開合呼喚、悠揚委曲、皆在於此。」其說至當、老杜詩變化開闔、出奇無窮、殆亦虛字助之耳、如「江山有巴蜀、棟宇自齊梁。」石林詩話云：「遠近數千里、上下數百年、只在『有』與『自』兩字間、而吞納山川之氣、俯仰古今之懷、皆見於言外。」又其瞿塘兩崖詩云：「入天猶石色、穿水忽雲根。」猶忽二字、如浮雲著風、閃爍無定、誰能跡其妙處。范晞文對床夜語曰：「虛活字極難下、虛死字尤不易、蓋雖是死字、欲使之活、此所以爲難。」工部能盡其妙、最宜習者活參。又如李商隱風雨詩之頷聯云：

黃葉仍風雨、靑樓自管絃。

止二「仍」字「自」字、便將境地之冷暖懸殊、況味之悲愉迥別、以及秦人之無論肥瘠、都不關心、而中露流離、褎如充耳、等等薄俗情狀、一齊寫出、而又詞恉掩抑、氣韻和平、庶幾小雅詩人怨誹不亂者矣。（語見鄧廷楨硯齋筆記）。虛字之妙、由此可見。

詩中虛字、有用而字者、如孟浩然「榜人若奔峭、而我忘險艱。」有用焉字者、如杜必簡「澄淸得使者、作頌有人焉。」有用哉字者、如楊萬里「奇哉一江水、寫此二更天。」有用猶豈者、如劉長卿「漢文有道恩猶薄、湘水無情弔豈知。」有用矣然者、如蘇軾「倦客再遊行老矣、高僧一笑故依然。」皆用虛字、逸而有致、妙不陳腐。

虛字有二字連用者、最能使句法靈妙流動、故凡坐覺、微聞、稍從、暫覺、稍喜、聊從、政須、漸覺、微抱、潛從、終憐、猶及、行看、恐盡、全非等字、苟運用得體、悉可妙到毫顚、如李義山夕陽樓詩：

花明柳暗繞天愁、上盡重城更上樓。

欲問孤鴻向何處、不知身世自悠悠。

欲問不知四字、辭達有味、無限精神、宜乎馮浩所言「悽惋入神」也。前賢詩例甚夥、不遑覼縷、玆舉宋人數聯、繫之於左、可觀覽焉。

直廬久負題紅藥、出鎭何妨擁碧幢。王禹偁寄獻潤州趙舍人。

霜禽欲下先偸眼、粉蝶如知合斷魂。林逋山園小梅。

洗開春色無多潤、染盡花光不見痕。韓琦次韻和子淵學士春雨。

剩欲出門追語笑。卻嫌歸鬢著塵沙。陳師道春懷示隣里。

但覺衾裯如潑水。不知庭院已堆塩。蘇軾雪夜書北臺壁。

要之、虛字之用最尙適切、非靠一二靈活虛字、可此可彼者、斡旋其間、便自詫能事、蓋用之不善、則詩中氣脈柔弱緩散、不可復振、徒浪費筆墨耳、習者宜深戒之。

## 戊、實字健句

詩中多用實字、則筆力勁健、語句自然雄奇排宕、黃庭堅「桃李春風一杯酒、江湖夜雨十年燈。」張耒稱爲奇語、蓋桃李、春風、酒、江湖、夜雨、燈、皆實字也、首句見朋輩歡聚之樂、次句見離別索寞之苦、讀之雋永有深味。又王維出塞詩之落句云：「玉靶角弓珠勒馬、漢家將賜霍嫖姚。」黃培芳三昧集評曰：「第七句用三疊句法、倍見揮斥、此秘旨也。」足見詩中疊用實字、可使語句雅健有力、意境清新也。

吳沆環溪詩話曰：「韓愈之妙、在用疊句、如『黃簾綠幕朱戶間。』是一句能疊三物、如『洗粧拭面著冠披、白咽紅頰長眉淸。』是兩句疊六物、惟其疊多、故事實而語健。又諸詩石鼓歌最工、而疊語亦多、如『雨淋日炙野火燎。』『鸞翔鳳舞衆仙下。』『金繩鐵索鎖鈕壯。』『古鼎躍水龍騰梭。』韻語皆疊、每句之中、少者兩物、多者三物以至四物、幾乎皆是一律、惟其疊語、故句健、是以爲好詩也。」細繹其意、可知吳氏所謂實字者、卽名詞字也。夫文句疊實、益之音節拗奇、則必雅健而有深致、此卽古人所稱之「硬語」、作者非有呑雲夢八九之氣、不能工也、然甌北詩話曰：「盤空硬語、須有精思結撰、若徒撏撦奇字、詰曲其詞、務爲不可讀以駭人耳目、此非眞警策也。」其論深中竅要、足爲詩中之金鍼。

## 二、造句

夫文學創作、其造詣高者、必能以有形之文字描刻無形之情愫、情景相融、濃澹兼宜、無過無不及、所謂「辭達」且入於化工也、是知凡爲文辭、未有不辨章句而能工者。黃季剛文心雕龍札記曰：「若夫文章之事、固非一憭章句而卽能工巧、然而捨棄章句、亦更無趨於工巧之途、規矩以馭方員、雖刻雕衆形、有遯於規矩之外者也。」衍之詩義、理亦然耳、蓋詩中情韻、原不在章句之外、倘章句工巧、輒臻神完意足之境矣、今首論句法、以次及其餘焉。

## 甲、論句法

句由積字而成、其如何積字成句、蓋有自然之節簇可循、夫節簇者、即句中之逗頓處是也、五言句法較簡、約言之、有下列四種：

靑—惜峯巒過、黃—知橘柚來。（上一下四）

晚涼—看洗馬、森木—亂鳴蟬。（上二下三）

曉月過—殘壘、繁星宿—故關。（上三下二）

山從人面—起、雲傍馬頭—生。（上四下一）

以一二例言之、靑字黃字爲一節、念時略頓、惜峯巒過、知橘柚來爲一節、故云上一下四。晚涼森木爲一節、念時亦宜略頓、看洗馬亂鳴蟬爲一節、故謂之上二下三、餘可類推。

七律構造較爲繁複、變化亦多、約可分爲下列五種：

### （一）上一下六

山—動將崩未崩石、松—浮欲盡不盡雲。

（二） 上二下五

有時—三點兩點雨、到處—十枝九枝花。
朝罷—香煙攜滿袖、詩成—珠玉在揮毫。

（三） 上三下四

漁人網—集寒潭下、估客舟—隨夜照來。
半夜隴—因風捲去、五更春—被角吹來。

此種句法、當是變格、唐宋大家不甚用之、然用之而善、亦殊有古拗之趣、苕溪漁隱叢話云：「六一居士詩云：『靜愛竹時來野寺、獨尋春偶過溪橋。』俗謂之折句、盧贊先雪詩云：『想行客過梅橋滑、免老農憂麥隴乾。』效此格也。余亦嘗云：『鸚鵡杯且酌清濁、麒麟閣懶畫丹青。』」按王安石「落木雲連秋水渡、亂山煙入夕陽橋。」陸放翁「白菡萏香初過雨、紅蜻蜓弱不禁風。」皆是。至唐人「近寒食雨草萋萋、著麥苗風柳映堤。」則變調求新、刻意爲之、非合自然之旨矣。

（四） 上四下三

武帝祠前—雲欲散、仙人掌上—雨初晴。
香飄曲殿—春風轉、花覆千官—淑景滋。

（五）上五下二

永夜角聲悲—自語、中天月色好—誰看。
五更鼓角聲—悲壯、三峽星河影—動搖。

## 乙、貴移情

詩中境界元爲情景之契合、吾人凝神觀照之際、常能物我互糅、無差無失、相若而相通、入而與之俱化也、譬猶看山、李白云：「相看兩不厭、唯有敬亭山。」辛棄疾云：「我見青山多嫵媚、料青山見我應如是。」姜夔則云：「數峯淸苦、商略黃昏雨。」雖心情不一、感受略殊、然將無生物寄以靈性、託爲有情則一也。王靜安人間詞話曰：「以我觀物、故物皆著我之色彩。」詩人凝神觀物、消失自我、不覺人情與物理互相滲透、情趣與物態往復交流、形諸詩句、則花解濺淚、鳥知驚心、菊能傲霜、山可排闥、此皆移情作用所使然也。

杜甫漫興云：「顛狂柳絮隨風舞、輕薄桃花逐水流。」黃庭堅淸明云：「淸明時節桃李笑、野田荒塚只生愁。」杜牧贈別云：「蠟燭有心還惜別、替人垂淚到天明。」柳絮顛狂、桃花輕薄、桃李解笑、荒塚生愁、蠟燭惜別、替人垂淚、論理似不通、但在寫景方面、翻覺意味深長。揆諸情理、亦足可取、又如周紫芝竹坡詩話中所載譙國集有病起詩：

病來久不上層台、窗有蜘蛛徑有苔。

多少山茶梅子樹、未開齊待主人來。

周紫芝以爲此篇奇絕、然後來經人妄改落句作「爲報園花莫惆悵、故教太守及春來。」非特意脈不倫、且韻味索然、蓋全詩精神、繫於「待」字、使山茶梅樹、饒有人情意態、故能幽眇穠麗、以臻佳趣、淺人一改、則風氣頓殊、妍媸逈別矣。

要之、詩之所以能高臻妙詣、皆因作者操觚之初、必是以我寓物、卽物以見我、故物我之相未泯、而物我之情已契、以此迻譯而爲文字、則奇思泉湧、異采爭發矣。

## 丙、忌調複

當屬句時、句法必須通首予以籌劃、七言如前聯用上三下四、下聯當用上四下三、或上二下五、以變化之、不宜於頷腹兩聯用一種句法、而致成調複之病。其善者如戴叔倫春日早朝應制詩云：「仙杖肅朝官」上三下二也、「承平聖主歡」上二下三也、「月沉宮漏盡、雨濕禁花寒」二句俱上二下三也、「丹荔來金闕、朱櫻貢玉盤。」二句俱上三下二也、「六龍扶御日、只許近臣着。」俱上四下一也。至姚合武功縣中詩：

一官無限日、愁悶欲何如。掃舍驚巢燕、
尋方落壁魚。從僧乞淨水、憑客報閒書。
白髮誰能攝、年來四十餘。

則頷腹兩聯、句法俱爲上二下三、頓處無多變化、音節不能鏗鏘、此卽調複之病也。又、詩中虛實字之搭配、亦須留意、八句之中、位置宜錯綜安排、倘虛字皆置句首或句腰、吟之亦覺單調、吾人成詩之後、可將八句平鋪、一驗卽知、如王令思京口戲周器之詩云：

江南別日醉方醺、
貪愛青天帶水痕、
忘卻碧山歸路直、
誤投浮世俗塵昏、
終期散髮江邊釣、
當有漁舟日繫門、

但恨故人猶喜仕、
他時胸腹未堪論、

此詩貪使虛字、句首連用貪愛、忘卻、誤投、終期、當有、但恨諸詞、殊覺寡味。又各句中之第三字、除「漁」、「胸」外、俱爲形容詞、第四字則全用名詞字、語法相類、一望可憎、設將頷聯或腹聯之虛字、再作調配、或可成誦、如蘇東坡紅梅詩之中腹兩聯云：

故作小紅桃杏色、尚餘孤瘦雪霜姿。
寒心未肯隨春態、酒暈無端上玉肌。

頷聯之故作、尚餘在句首、腹聯之未肯、無端在上腰、句法如此、自然參差。不使犯同、庶幾可免調複之病矣。

## 丁、尚簡鍊

詩之爲意、貴文約而指通、簡言以達旨、高手作詩、大抵辭簡而理舉、因無取乎冗長也。唐人有詩云：「山僧不解數甲子、一葉落知天下秋。」及觀陶元亮詩云：「雖無紀曆志、四時自成歲。」便覺唐人費力。杜牧云：「南山與秋色、氣勢相並高。」已稱驚絕、而子美才用一句、語益工、云：「千崖秋氣高。」對牀夜語云：「劉商柳詩：『幾回離別折欲盡、一夜春風吹又長』不如樂天草詩：『野火燒不盡、春風吹又生。』語簡而思暢。」實則樂天此聯、尚不若劉長卿「春入燒痕青。」之句、蓋後者尤見精鍊也。

詩家有縮銀法、亦簡鍊之一端也、謝榛四溟詩話嘗載之、其卷三曰：「或問縮銀法何如、余因舉李建勳詩：『未有一夜夢、不歸千里家。』此聯字繁辭拙、能爲一句、卽縮銀法也、或曰歸夢無虛夜、或曰夜夜鄉山夢寐中、一簡切、一流暢、皆是也。」按此所舉兩例、亦殊未佳、殆不若陶淵明縮古詩「人生不滿百、常懷千歲憂」爲「世短意常多」也。又盧同山中絕句云：「陽坡草軟厚如織、因與鹿麛相伴眠。」王介甫止以五字盡之、詩云：「眠分黃犢草。」豈不簡而妙乎？王直方詩話亦載一例：「或有稱咏松句云：『影搖千尺龍蛇動、聲撼半天風雨寒。』一僧在座曰：未若『雲影亂鋪地、濤聲寒在空。』或以語聖兪、聖兪曰：言簡而意不遺、當以僧語爲優。」上舉諸詩、皆簡鍊成句者、習者揣之、思過半矣。

句尙簡鍊、惟簡非鍊不可、約言之、其原則有三：㈠利用單語品位之變化。如王安石絕句：「春風又綠江南岸。」綠字卽是名詞、又具動詞意義、一字而兼二用、手法經濟。㈡利用變位之形容詞、使某字在一句中能縮合上下辭意、如韋莊詩：「馬足倦遊客、鳥聲歡酒家。」倦歡兩字、不惟形容「馬足」與「鳥聲」、同時亦形容「遊客」與「酒家」、一字兩用、故文字雖略、而意象猶存。㈢簡化單詞或短語所附屬之意象。試以三詩爲例：

雞聲茅店月、人迹板橋霜。溫庭筠

靑惜峯巒過、黃知橘柚來。杜甫

平淮忽迷天遠近、靑山久與船低昂。蘇軾

第一例綴合名詞成句、看似各不相屬、而其間印象之構成、實賴讀者想像力爲之補充。第二例死意活寫、蓋聯中峯巒與橘柚之遞移、惜與知之嬗變、使眼前景與心中事渾然無跡、且峯巒橘柚元非能動之物、今藉「過」「來」二字透出、已略「舟行」或「舟經」等詞、而寓動作於景物之中、妙合無垠。東坡之作、尤具匠心、夫惟平淮無波、始覺遠近莫辨、而船行低昂之時、則又必在有山有浪之處、此蓋以動景暗示行舟歷程與沿途景色、較諸峯巒過橘柚來、益見複雜矣、綜觀上述所言、是知簡鍊之法、固不僅活用單詞已也。

## 戊、明倒裝

詩中句式、偶爾一變常法、特意顚倒、頗能增強語勢、協和音律、如杜甫秋興詩：「香稻啄殘鸚鵡粒、碧梧棲老鳳凰枝。」以「香稻」於上、以「鳳凰」於下者、錯綜之也、沈括夢溪筆談云：「古人多用此格、蓋欲相錯成文、則語勢矯健耳。」此卽爲倒裝句法、乃以反言之也。詩意謂香稻乃鸚鵡啄殘之粒、碧梧則鳳凰棲老之枝、若平直敍之、當云：「鸚鵡啄殘香稻粒、鳳凰棲老碧梧枝。」則詞氣平衍、了無足觀矣。王彥輔曰：「子美善用故事及常語、多顚倒用之、語峻而體健、如露從今夜白、月是故鄉明之類是也。」使二句順序用之、不過今夜露白、故鄉月明耳、又何語健之有？

唐詩中如「名豈文章著、官應老病休。」杜甫旅夜書懷 當作「文章豈著名、老病應休官。」又「家書到隔年。」杜牧旅宿 當云：「家書隔年到。」又「徒勞恨費聲。」李商隱蟬 當爲「費聲恨徒勞。」惟一經倒裝、不獨協律暢音、且文句矯健駿爽矣。

捫虱新話卷二載王荆公嘗讀杜荀鶴雪詩：「江湖不見飛禽影、巖谷惟聞折竹聲。」改云宜作「禽飛影」、「竹折聲」。又王仲至試館職詩云：「日斜奏罷長楊賦、閑拂塵埃看畫牆。」公爲改云「奏賦長楊罷。」云如此乃健、此皆明倒裝取勁之法也。

# 第六章　論拗句與救法

律絕五七言平仄有拗用者、或因拗而轉諧、或反諧以取勢、蓋一經拗折、詞格愈顯嶙峋、氣宇愈覺傲兀、神清骨峻、韻高格古、所謂金石未作、鏜鞳聲和、渾然有律呂外意也。杜工部七律常有此體、而黃山谷尤喜用之、其善者、能爲變宮變徵之音、讀之有泠然之調、咀之有餘甘之味、但吐茹之間、自有定法、其平仄非可隨意換易、如未解此、而輕言一三五不論者、必動成牴牾、翻成墮甑碎瓦之響矣。是故詩中一用拗字、往往愈有神出鬼沒之妙、而詩格益增拗峭、其法於當下平字處、以仄字易之、蓋欲其氣挺然不羣也。

然近體詩之拗句、古人常設法救之、以七律言、如杜甫「負鹽出井此溪女、打鼓發船何郡郎。」許渾「湘潭雲盡暮山出、巴蜀雪消春水來」等句、上句第五字、本應作平、而以仄字易之、此謂之拗句、既已用仄矣、則下句第五字改用平聲、以諧暢其音、此謂之救法。此法有單拗、雙拗與吳體之別、單拗者、於句中將平仄二字互換、以挫頓氣勢、雙拗者、於兩句中、對換平仄、以治律聲、吳體者、乃大拗而施以大救、其訣在每對句第五字用平聲諧轉、故雖拗而音節仍諧也。

昔人著述、以專篇論拗救者不多、唯方虛谷纂瀛奎律髓、嘗將拗體別出一門、惜於拗法尙未了了、後趙秋谷有聲調譜、翁覃溪有平仄舉隅、宣聲律之微、懲奪倫之弊、學者如幽得燭、莫不有軌躅可尋、然引例嫌少、病在太簡、今試取唐宋習見之詩句、歸納入單拗雙拗兩法、反復論證、於前賢未盡之處、或不無小補焉。至於吳體、龐雜紛紜、徒增枝蔓、非初學操觚者所宜、此不具述。

## 一、單拗及其救法

### 甲、五言平起落句(平平仄仄平)與七言仄起落句(仄仄平平仄仄平)之拗救

#### (一)　五言拗第一字者

五言律絕、凡落句二四應平仄者、第一字必用平、斷不可作仄聲、以平平宜有二字相連、不可令單也、如:

平平仄仄平
來途若夢行。(錢起送僧歸日本)

平平仄仄平
城春草木深。(杜甫春望)

來字城字、俱爲平聲、設作「客途若夢行」「院春草木深」則失粘矣、至若「寸心貴不忘」（李白南陽送客）「夜深露氣清」（杜甫玩月星漢中王）則千百首中之一二例外耳、殊未可取以爲法也。昔白居易「請錢不早朝」注請讀平聲、陸龜蒙「但和大小色」徐鉉「但知盡意看」並注但平聲、乃知唐人所愼避、故特注叶音、其不可忽審矣。使第一字必用仄聲、不可挪移、則第三字宜用平以避之、此亦救法、如前舉失粘詩例、可改爲：

客途如夢行（仄平平仄平）

院春花木深（仄平平仄平）

如字花字、救當句第一字之仄、既已救轉、亦爲協律、故五言「平平仄仄平」爲平起落句之正格、若「仄平平仄平。」變而仍律者也、此格人多不知、由一三五不論一語誤之也、唐宋詩中、不乏比例、玆摘數句如左：

漢家多近親、（梅聖俞古塚）（漢仄、多平）

遠山晴更多、（許渾早秋）（遠仄、晴平）

北〔仄〕風天〔平〕正寒、（杜甫山館）
斗〔仄〕垂霜〔平〕夜清、（張宛邱晚泊襄邑）
此〔仄〕行猶〔平〕未歸、（張司業宿臨江驛）
故〔仄〕人無〔平〕少年、（賈島旅遊）
掃〔仄〕床移〔平〕臥衣、（賈浪仙春題湖上友人新居）
月〔仄〕明樓〔平〕上人、（白居易江樓望歸）

## （二）七言拗第三字者

凡七言第一、三字、平仄悉可不論、惟仄起落句（仄仄平平仄仄平）之第三字必平、與五言平起落句第一字同例、如劉禹錫「朱雀橋〔平〕邊野草花。」杜牧「銀燭秋〔平〕光冷畫屏。」韓翃「細草春〔平〕香小洞幽。」錢起「佳氣常〔平〕浮仗外峯。」第三字俱作平、古人最愼此音、如韓退之「天上宵嚴建羽旄。」殷堯藩「強把黃花插滿頭。」來鵠「醉踏殘花屐齒香。」改夜爲宵、菊爲黃、落爲殘 以協聲律、然此尚不見痕跡、至如徐夤「五斗低腰走世塵。」何宏中「馬革盛尸每恨遲。」李攀龍「十載詞林供奉中。」折腰、馬革裹尸、翰林、皆爲故實、而字面猶改用替代字、可見前人忌孤平、至嚴也已（見夜航詩話）若第三字必欲易仄、則須在當句第五字以平聲救轉、以避落調之弊、如：

夜夜月（仄）明聞（平）竹枝。（許渾下第懷友人）

三十六（仄）宮秋（平）夜長。（徐凝漢宮曲）

月照洞（仄）庭歸（平）客船。（顧況小孤山）

抱病起（仄）登江（平）上樓。（杜甫九日）

臨老避（仄）兵初（平）一遊。（陳簡齋巴邱書事）

二客所（仄）須惟（平）濁醪。（蘇過偕陳調翁龍山買舟待夜潮發）

上舉數例、皆當句自救之拗句、又、第三字既平、第五字平仄可不拘、古人亦有用平聲者、不爲失粘、蓋平聲不可令單、仄聲則不拘於此也、詩例如次：

月落烏啼霜滿天。（張繼楓橋夜泊）

獨照長門宮裡人。（李白長門怨）

細草霑衣春殿寒。（王昌齡甘泉歌）

雨歇楊林東渡頭。（常建三月尋李九莊）

洞在青溪何處邊。（張旭桃花磯）

一郡荊榛寒雨中。（韋應物登樓寄王卿）

## 乙、五言平起出句（平平平仄仄）與七言仄起出句（仄仄平平平仄仄）之拗救

### （一）五言拗第三字與七言拗第五字者

五言平起出句之第三字、與七言仄起出句之第五字、依調譜宜作平、如必欲易爲仄、下句亦可不救、仍是合律、（蓋對句仄仄仄平平、如第三字換平、則三平落底、爲古體詩常用式、爲忌混淆、故常可不救也。）古人律詩中常有此調、五言如杜甫湘夫人廟：

肅肅湘妃廟、空牆碧水春。蟲書玉佩蘚、燕舞翠帷塵。晚泊登汀樹、微香借渚蘋。

蒼根恨不盡、染淚向叢筠。

詩中頸聯之「玉佩蘚」末聯之「恨不盡」皆連用三仄、而燕舞染淚兩句、仍合調譜。七言如蘇軾岐亭道上見梅花戲贈季常詩：

蕙死蘭枯菊亦摧、返魂香入嶺頭梅。數枝殘綠風吹盡、一點芳心雀啅開。野店初嘗竹葉酒、江雲欲落豆稭灰。行當更向釵頭見、病起烏雲正作堆。

竹葉酒一詞、連用三仄、江雲句不救、而聲律仍諧、此例雖在五六句、實則可通用於任何一聯、五七言竝同、以下各舉數例、以當嘗鼎一臠：

端居不出戶、滿目望雲山。（王維登裴秀才小台作）

清晨入古寺、初日照高林。（常建題破山寺後禪院）

（七言律詩首句多入韻、故用者較少。）

用於頷聯者

天寒一雁叫、夜半幾人聞。（楊萬里和周仲覺）

江邨片雨外、野寺夕陽邊。（岑參終南東溪口作）

悵望千秋一灑淚、蕭條異代不同時。（杜甫咏懷古蹟）

用於腹聯者

牀敷每小息、杖屨或幽尋。（王荊公半山春晚即事）

功名畫地餅、歲月下江船。（周孚元日懷陳道人並憶焦山舊遊）

用於末聯者

窮鄉百不理、時得一閒吟。（陳與義岸幘）

遙知此夜月、必照故山明。（賀方回旅泊）

朝罷須裁五色詔、佩聲歸到鳳池頭。（王維和賈舍人早朝大明宮之作）

今我還朝固不遠、紫宸已夢瞻珠旒。（梅宛陵詩）

用於絕句者

聞道神仙不可接、心隨湖水共悠悠。（張說送梁六）

莫道春風不解意、何因吹送落花來。（王維戲題磐石）

一去姑蘇不復返、岸旁桃李爲誰春。（樓穎西施）

### （二）五言拗第四字者

五言平起出句（平平平仄仄）之第四字如拗平、則第三字斷斷用仄、不論者非、其句式爲「平平仄平仄」、如杜甫上兜率寺領聯：

江山有巴蜀、棟宇自齊粱。

巴字應仄而平、然巴蜀爲地名、無可改易、故唯以有字拗之、此法以本句三四平仄互換、當句自救。小杜「秋山念君別、惆悵桂花時。」亦是、惟限用於出句、不可用於對句、頷聯如是、其他諸聯亦然、如馬戴落日悵望詩：

孤雲與歸鳥、千里片時間。念我一何滯、辭家久未還。微陽下喬木、遠燒入秋山。臨水不敢照、恐驚平昔顏。

此篇首句第四字拗平、第三字換仄、律亦協、腹聯下喬字亦拗、與起聯同一例、詩人如此者多、其拗於結聯者尤不勝枚舉、如唐庚除夕之「南荒足妖怪、此日謾桃符。」陳與義放慵之「雲移隱扶杖、燕坐獨焚香。」等皆是、要之、此式第四字既拗、第三字必救、平仄互換、此不易之法、設令前例「孤雲與歸鳥」改作「孤雲同飛鳥」則落調矣、故用時不可不愼也。今特再舉數聯、以概其餘：

他鄉復行役、駐馬別孤墳。（杜甫閬州別房太尉墓）

遙憐小兒（仄平）女、未解憶長安。（杜甫月夜）

聊隨碧溪（仄平）轉、忽與白鷗逢。（何中南居寺）

青林擁紅（仄平）葉、家鶩雜賓鴻。（陳后山山口）

樓台見新（仄平）月、燈火上雙橋。（賀方回秦淮夜泊）

家居五原（仄平）上、征戰是平生。（盧象雜詩）

## （三）七言拗第六字者

七言不過於五言上加平平仄仄耳、拗處總在第五六字上、七言之五六字、即五言之三四字、可以類推、如蘇東坡竹閣詩：

欲把新詩問遺（仄平）像、病維摩詰更無言。

問遺二字依譜應作平仄、而詩中作仄平、此所謂出句第六字拗用平、則第五字斷宜用仄救之也、與五言三四字拗用者同一例、可合前節細參之。

用於律詩者

蜀主窺吳幸(仄平)三峽、崩年亦在永安宮。（杜甫詠懷古五首之四）首聯

苦憶荊州醉(仄平)司馬、謫官樽酒定常開。（杜甫）首聯

巫峽猿啼數(仄平)行淚、衡陽歸雁幾封書。（高適送李少府貶峽中王少府貶長沙）頷聯

桃李春風一(仄平)杯酒、江湖夜雨十年燈。（黃山谷）頷聯

露下風高月當(仄平)戶、夢囘酒醒客聞砧。腹聯

醉任狂風揭(仄平)茅屋、臥聽殘雪打簑衣。（王庭珪題郭秀才約亭）腹聯

直道相思了(仄平)無益、未妨惆悵是清狂。（李義山無題）末聯

舟楫何堪久留(仄平)滯、更窮幽賞過華亭。（倪瓚三月一日自杜陵過華亭）末聯

用於絕句者

正是江南好風景、落花時節又逢君。（杜甫江南逢李龜年）

羌笛何須怨楊柳、春風不度玉門關。（王之渙塞上曲）

把酒看花想諸弟、杜陵寒食草青青。（韋應物寄諸弟）

行到中庭數花朵、蜻蜓飛上玉搔頭。（劉禹錫春詞）

趙秋谷聲調續譜、嘗引杜詩「雲白山青萬餘里」句、在萬字下注云：「第五字仄、上二字必平、若第三字仄、則落調矣、五言亦然。」（按趙譜云：五言第三字仄、第四字平、則第一字必平。）細察七言此式之第三字、除綦少例外、大抵皆用平聲、趙譜所論、直與符合、然徵諸五言、恐未必然、翟仲儀聲調譜拾遺辨之甚詳、如孟浩然「故人具雞黍、邀我至田家。」杜甫「故人得佳句、獨贈白頭翁。」三字雖拗、然兩故字皆仄、觀此似不必拘也。

## 二、雙拗及其救法

### 甲、五言仄起出句（仄仄平平仄）之拗救

#### （一）拗第四字或第三四字者

五律出句凡五字全仄、及仄仄平仄仄、平仄仄仄仄等句、皆宜於對句第三字用平聲救轉、以暢其音、句式爲：「平平平仄平」如杜甫孤雁詩：

平仄仄仄仄　平平平仄平
孤雁不飲啄、飛鳴聲念羣。

出句拗起、對句第三字拗平救之、音節仍諧、又如：

仄仄仄仄仄　平平平仄平
士有不得志、棲棲吳楚間。（孟浩然廣陵逢薛八）

仄仄仄仄仄　平平平仄平
禹力不到處、江聲流向西。（周朴董嶺水）

上句既已五仄、則下句之吳字流字必平、以救上句、因上句第三第四字皆當平而反仄、故必以此第三字平聲救之、否則落調矣、上句仄仄平仄仄亦同：

落月池上釣、清風松下來。（孟浩然裴司士見尋）
（仄仄平仄仄　平平平仄平）

野火燒不盡、春風吹又生。（白居易賦得古原草送別）
（仄仄平仄仄　平平平仄平）

落日含古意、高台多遠心。（劉敞觀魚台）
（仄仄平仄仄　平平平仄平）

以野火春風聯爲例、燒字仍平、不字拗仄、而在對句吹字處以平聲救轉、（一三例並同）其法正與前述二類同。上舉三式、對句第一字皆作平、然亦有作仄而與前述單拗甲類第一款同式者、即對句用「仄平平仄平」、第三字旣救本句第一字之拗、又救出句第三四字之拗、如：

餘子不可數、此君何可無。（陳與義種竹）
（平仄仄仄仄　仄平平仄平）

漸與骨肉遠、轉於童僕親。（崔塗除夜有感）
（仄仄仄仄仄　仄平平仄平）

木落山覺瘦、雨晴天似高。（劉敞秋晴西樓）
（仄仄平仄仄　仄平平仄平）

再者、趙秋谷聲調譜謂律詩凡五仄句中、須有入聲字、其說甚妙、如杜甫送遠「草木歲月晚、關河霜雪淸。」草木句五字悉仄、木月二字入聲、使五仄無一入聲字在內、依然無調也、玆再舉數聯、以資參驗：

苒苒跡始去、悠悠心所期。（杜甫勾溪夏日送人詩）

小雨夜復密、迴風吹早秋。（杜甫夜雨）

素月自有約、綠瓜初可嘗。（周紫芝雨過）

五載客蜀郡、一年君梓州。（杜甫去蜀）

### （二）拗第三字者

五言起句仄仄仄平仄、（第一字可不論、第三字宜平而仄。）唐人常用此調、但下句須用三平或四平、如平平平仄平、仄平平仄平是也、與拗第四字之救法同例、玆述於下：

①仄仄仄平仄、
平平平仄平

如蘇東坡遊鶴林招隱詩：

古寺滿脩竹、深林聞杜鵑。

滿字當平而仄、聞字應仄而平、間或出此、可令聲調更爲峭健、又滿字聞字乃詩句之眼、如必不可依平仄、則拗用之往往反較正格爲佳、如「岸磧立清曉、山頭生薄陰」亦是。②

仄仄仄平仄、
仄平平仄平

如賈浪仙酬姚校書之末聯：

不覺入[仄]關晚、別[仄]來林[平]木秋。

林字既平救本句別字之仄、又救出句入字之拗、此亦詩家通例也、茲再錄數聯以供參酌：

因捋虎[仄]鬚死、還尋魚[平]腹居。（劉後村郭璞墓）頷聯

行客欲[仄]投宿、主人[仄]猶[平]未歸。（張司業夜到漁家）頷聯

淅淅晚[仄]風起、孤舟愁[平]思（作仄）生。（張宛邱泊林里港）首聯

家是去[仄]秋別、月從[仄]今[平]夜圓。（杜荀鶴秋夜晚泊）腹聯

衆籟夕[仄]還作、孤懷行[平]轉幽。（陳與義晚步）腹聯

太華鎖深[仄]谷、我來[仄]眞[平]景分。（魯三江遊華山張起谷）首聯

惟有北山鳥、經過遺好音。（王安石半山春晚即事）末聯

明日受降處、甲齊熊耳高。（陸游小出塞曲）末聯

又此類拗句詩家固以設法補救爲正、然亦間有不用拗救者、如俞退翁「倦枕費聰燭、閑書破硯塵。」馬戴「念我一何滯、辭家久未還。」陳后山「更病可無醉、猶寒已自和。」杜甫「通藉恨多病、爲郎忝薄遊。」諸聯出句第三字俱仄、而下句第三字不以平聲救之、趙秋谷聲調譜嘗論此式、曰「此在首聯、唐人亦有不拘者、若二聯、則不容不嚴矣。」觀此似不可信、然拗句不救、終是失調、不足標以爲式、七言律絕亦倣此。

## 乙、七言平起出句（平平仄仄平平仄）之拗救

### （一）拗第五字者

七言平起出句之定式當作「平平仄仄平平仄」（娟娟戲蝶過閑幔）對句應爲「仄仄平平仄仄平」（片片輕鷗下急湍）如出句第五字宜平而用仄爲拗、則對句第五字須改平聲以救之、其拗救結果爲：

映階碧草自春色
仄平仄仄仄平仄

隔葉黃鸝空好音
仄仄平平平仄平

自字宜平而仄、為拗字、空字平、所以救上句第五字之仄、七言中第五字、即五言第三字、當合前節參之。

用於律詩者：

腐儒衰晚謬(仄)通籍、退食遲回違(平)寸心。（杜甫題省中院壁）

酒闌卻憶十(仄)年事、斷腸驪山清(平)路塵。（杜甫九日）

莫推月色共(仄)千里、不寄江南書(平)一行。（黃山谷元明留別）

暄涼書問二(仄)千里、場屋聲名三(平)十年。（楊萬里寄題曾子與競秀亭）

月明古寺客(仄)初到、風動閑門僧(平)未歸。（項斯宿山寺）

百年老去有(仄)詩卷、九日歸來非(平)故鄉。（程頌萬題辟疆先生菊贈詩卷和韻）

用於絕句者：

孤帆遠影碧(仄)空盡、惟見長江天(平)際流。（李白送孟浩然之廣陵）

春潮帶雨晚(仄)來急、野渡無人舟(平)自橫。（韋應物滁州西澗）

縱教然諾暫(仄)相許、終是悠悠行(平)路心。（張謂題長安主人壁）

一聲玉笛向(仄)空盡、月滿驪山宮(平)漏長。（張祜華淸宮）

此類拗救、亦常與「仄仄仄平平仄平」拗救同時用之、即成：

殘(平)星(平)幾(仄)點(仄)雁(仄)橫(平)塞(仄)。

長(平)笛(仄)一(仄)聲(平)人(平)倚(仄)樓(平)。

「人」字既平以救本句「一」字之仄、又復救出句「雁」字之拗、如蘇東坡詩：

客(仄)行(平)萬(仄)里(仄)半(仄)天(平)下(仄)。

僧(平)臥(仄)一(仄)菴(平)初(平)白(仄)頭(平)。

半字一字咸作仄、初字必平、蓋此字救上句亦救本句也、此種拗調別有擊撞波折之致、求諸前人律絕中、俯拾可得、今舉數例、以見一斑：

年年收稻賣江蟹、二月得從何處來。（梅宛陵二月七日吳仲遺活蟹）

夕陽茅舍客沽酒、明月小橋人釣魚。（王十朋題湖邊莊）

相知四海孰青眼、高臥一麾初白頭。（謝逸寄隱居士）

三秋木落半年客、滿地月明何處砧。（薛能秋夜旅懷）

時時數點雨猶落、隱隱一聲雷不驚。（鞏仲至離建）

谿雲到處自相聚、山雨忽來人不知。（何紹基山雨）

以上詩例引自七律。

君王若問妾顏色、莫道不如宮裡時。（白居易昭君詞）

兒童相見不相識、笑問客從何處來。（賀知章回鄉偶書）

茅檐相對坐(仄)終日、一鳥不(仄)鳴山(平)更幽。（王荊公鍾山卽事）

孤亭四壁面(仄)烟雨、人與白(仄)鷗分(平)暮寒。（李彌遜次韻林冲和筠莊）

以上詩例引自七絕。

## （二）拗第五六字者

在出句「平平仄仄平平仄」中、第五六兩字宜平而仄爲拗、而於對句「仄仄平平仄仄平」中第五字拗平、卽爲救、如樓鑰詩：

水眞綠淨不可唾
仄平仄仄仄仄仄

魚若空行無所依
平仄平平平仄平

要之、出句第二字必用平聲、第四字與第七字必用仄聲、對句第四字不得更易、必用平聲、（第七字押韻、自不待言。）第二字與第六字亦不得變換、必用仄聲、此不易之法、類此之拗調、間亦有用於七絕者：

南朝四百八十寺、多少樓臺煙雨中。（杜牧江南春絕句）
平平仄仄仄仄仄　平仄平平平仄平

樹陰滿地日卓午、夢覺流鶯時一聲。（蘇舜欽夏意）

上述救法、皆言獨用者、實則古人常與仄起落句拗第三字者同用、與上節所述拗第五字之救法同例、宋詩集中不勝枚舉、然今人習用者少、下舉數例、以概其餘：

田家春作日日近、丹杏破顆場圃頭。（梅宛陵春日拜壠經田家）首聯

桄榔笋白映玉箸、椰子酒清宜具觴。（黃山谷元明留別）首聯

馬蹄殘雪六七里、山觜有梅三四花。（方岳夢尋梅）頷聯

清談落筆一萬字、白眼舉觴三百盃。（山谷過方城尋七叔祖舊題）頷聯

斷橋測水露半影、野路擱泥留亂痕。（滕元秀柱枚）頷聯

宦遊何啻路九折、歸臥恨無山萬重。（陸游桐廬縣泛舟東歸）腹聯

持家但有四壁立、治病不蘄三折肱。（黃山谷寄黃幾復）腹聯

田中誰問不納履、坐上適來何處蠅。（黃山谷食瓜有感）腹聯

平生行樂自不惡、豈有竹西歌吹（作仄）愁。（山谷次韻王定國揚州見寄）結聯

## （三）拗第六字者

七言平起出句（平平仄仄平平仄）僅拗第六字者、如「落星開士深結屋」結字拗仄、而深字仍依調作平、與「田中誰問不納履」拗式略異、然細察兩者救法、則無二致、如落星句之下句爲「龍閣老翁來賦詩」其平仄與「坐上適來何處蠅」正復脗合、故此節宜與上兩節合參、此類拗調、元遺山最善用之、如：

來時珥筆誇健訟、去日攀車餘淚痕。
太行秀發眉宇見、老沅亡來樽俎間。
雞豚鄉社相勞苦、花木禪房時往還。
肺腸未潰猶可活、灰土已寒寧復燃。
市聲浩浩如欲沸、世路悠悠殊未涯。

冷猿挂夢山月暝、老雁叫羣江渚深。

春波淡淡沙鳥沒、野色荒荒煙樹平。

青山兩岸多古木、平地數峯如畫屏。

東門太傅多祖道、北闕詩人休上書。

甌北詩話卷八嘗謂：「拗體七律如鄭縣亭子澗之濱、獨立縹緲之飛樓之類、杜少陵集最多、乃專用古體、不諧平仄。中唐以後、則李商隱趙嘏輩創爲一種、以第三第五字平仄互易、如『溪雲初起日沉閣、山雨欲來風滿樓』『殘星幾點雁橫塞、長笛一聲人倚樓』之類、別有擊撞波折之致。至元遺山又創一種、拗在第五六字、如『來時珥筆誇健訟、去日攀車餘淚痕』『太行秀發眉宇見、老沅亡來樽俎間』云云。」此論拗體之變、頗貽栽贓之誚、讀之可發一粲、蓋甌此以殘星長笛一聯爲承祜句法、殊不知此體本出於老杜、如「杖藜難世者誰子、泣血迸空迴白頭」「負鹽出井此溪女、打鼓發船何郡郎」似此體甚多、聊舉二聯、知非義山承祜所創也。至言拗第五六字者爲遺山所創、尤謬之極矣、夫此調如「清談落筆一萬字、白眼舉觴三百盃」「水貞綠淨不可唾、魚若空行無所依」之類、前節論之甚詳、豈皆遺山所創耶、細按前擧遺山詩律、大抵爲拗第六字者、而第五字仍依調作平、度甌北行文、偶失檢耳。然卽以此類拗調而論、殆亦非遺山所濫觴、杜甫「明光起草人所羨、肺病幾時朝日邊。」已見端倪、爰及北宋江西諸子、亦皆擅用此調、如黃山谷「蜂房各自開戶牖、蟻穴或夢封侯王、」「舞陽去葉纔百里、賤子與公俱少年。」曾茶山「呼兒靜掃黃葉徑、告與此君眞快哉。」陳簡齋「平生正出元子下、此去還經思曠傍。」皆有意拗折音律爲之者、遺山生於金章宗明昌二年、距山谷之卒、猶八十餘年、更遑論李唐之世矣、故謂其好作此調則可、脫論創體、則難辭輕率之譏矣。

# 第七章　論絕句謀篇

有唐之世、七五言絕句、規模已具、管弦之聲、被於天下、其間英彥輩起、雄傑特出、如李白、王昌齡、王維諸人、所作小詩、皆神妙流動、冠絕千古。夫絕句承流於樂府、無古詩繁冗晦塞之病、而輕倩流便、易入絃歌、一經傳唱、天下謳之、故當時教坊菊部所唱、麗女名倡所詠、皆當代詞客之作、其意則無非閨中風暖、陌上草薰、新進奪寵、入宮見妒、或發邊塞噍殺之音、盪摩篇翰、或傷朋輩離別之情、凌紙生秋、倚聲爲歌、怡愴深婉、令人低徊不已。

絕句之名、不自唐始、惟其聲調體製、則半與律同、有前二句屬對者、如王維戲題盤石：「可憐盤石臨泉水、復有垂楊拂酒盃、若道春風不解意、何因吹送落花來。」有後二句屬對者、如王維寒食汜上作：「廣武城邊逢暮春、汶陽歸路淚沾巾、落花寂寂啼山鳥、楊柳青青渡水人。」有四句全屬對者、如劉長卿過鄭山人所居：「寂寂孤鶯啼杏園、寥寥一犬吠桃源、落花芳草無尋處、萬壑千山獨閉門。」有四句全不對者、如王昌齡重別李評事：「莫道秋江離別難、舟船明日是長安、吳姬緩舞留君醉、隨意青楓白露寒。」今吾人論絕句作法、引舉詩例、當以四句全散者爲主、蓋斯體以單筆取勝、起承轉合、絕詩首句爲起、次句爲承、第三句爲轉、第四句爲合。脈絡分明、便於習者剖析故也、雖然、司空圖曰：「絕句之作、本於極詣、此外千變萬狀、不知所以神而自神也、豈容易哉。」信不誣也。絕句格法章法、前人詩話嘗屢言之、今試綜覈舊聞、爬梳抉摘、爲述之如左、於以見作法之梗概焉。

## 甲、格法

元楊載詩法家數云：「絕句之法、要婉曲回環、刪蕪就簡、句絕而意不絕。」所言婉曲回環、乃含蓄之謂也。絕句取材不宜平衍、而貴深曲、蓋情意原不可盡、則以不盡盡之、最爲高詣、若一發難收、譬猶良驥騰驤、不受羈束、將顛躓於千里之外、雖不失雄奇奔放、亦終嫌少韻致也、故著句時、須稍加勸抑、則可迴環轉折、餘味曲包、得睹影知竿之妙、劉融齋曰：「絕句於六義多取風興、故視他體尤爲委曲、含蓄自然爲尚。」沈德潛云：「七言絕句、以語近情遙、含吐不露爲主、只眼前景、口頭語、而有弦外音、味外味、使人神遠。」二子之言、卽是此意、亦詩家之所尙也。例如李太白靜夜思：

牀前明月光、疑是地上霜。
舉頭望明月、低頭思故鄉。

寫旅中情思、卻不說盡、而醇味蘊藉、乃在酸鹹之外、且語語如在目前、湊泊不得、至程伯淳春日偶成詩：

雲澹風輕近午天、傍花隨柳過前川。

時人不識余心樂、將謂偸閑學少年。

其寫春日閒居自適之樂、雖亦有其作意、然終覺廻旋無地、淡乎寡味、較諸前作、何啻雲泥。清袁枚隨園詩話、有論詩中婉曲之理、其言曰：

或問詩如何而後謂之曲、余曰：「古時之曲者不勝矣、即如近人王仔園訪友云：『亂烏棲定夜三更、樓上銀鐙一點明、記得到門還不叩、花陰悄聽讀書聲。』此曲也、若到門便叩、便直矣。又方蒙章訪友云：「輕舟一路繞煙霞、更愛山前滿澗花、不爲尋君也留住、那知花裏是君家」、若知是君家、便直矣。

閱此二篇、已足以當鼎臠之一嘗、固無須求其全璧也。

論畫者曰：「咫尺有萬里之勢。」絕句亦當以此爲落想之第一義、蓋人生世相、何啻萬千、然囿於時空之現象、皆一縱卽逝、譬如濯足急流、使抽足再入、固已非前水矣。絕句乃詩中之精者、寥寥廿餘字、如欲返照世相、旣病其變動不居、復不能粗細兼容、故成詩之初、最宜刪蕪就簡、汰犅存菁、在紛紜世相中、攝其刹那、於宇宙乾坤間、取其片斷、作者倘能超以象外、得其圜中、使自然與藝術相媾合、則詩之境界、在刹那中見終古、在片段裏顯大千、生動鮮明。譬之織絲縷爲錦繡、鑿頑石爲雕刻、而讀者心會神領、浸潤滲透、神爲之鈎攝、雖反覆追誦、亦不嫌其陳腐、如杜牧赤壁詩：

折戟沈沙鐵未消、自將磨洗認前朝。

東風不與周郎便、銅雀春深鎖二喬。

赤壁戰役、其成敗關鍵、所涉至繁、牧之擒題扼要、删蕪就簡、只言東風助勝之事耳。按漢獻帝建安廿五年、曹操率精兵八十萬衆、橫渠南來、時東南風急、周瑜遂命士卒取燥荻枯柴、灌以魚膏、馳利艦十數艘、載而攻之、時因風猛、火勢益張、遂燒盡北船、事詳吳志、姑不具述。至牧之詩意、但謂瑜若非乘風力之便以破曹兵、則二喬亦將見擄、而貯之銅雀台矣、舉隅見方、手法經濟、且反用筆鋒、死中求活、益覺含蓄深窈、雋永有味。

## 乙、引　起

學詩之初、當習起句、通篇審題入思、大抵從玆著手、故宜意到辭工、不可稍涉平庸。起有數法、明起者、就題之本意說起、明見題字、無絲毫做作之態。暗起者、就題之本原落想、不明見題字、而題之本意在焉。陪起者、或寫景、或詠物、蓋欲說彼、必先舉此以引伸之也。玆略錄數詩爲式。賀知章囘鄉偶書詩云：

少小離家老大回、鄉音無改鬢毛催。
兒童相見不相識、笑問客從何處來。
少歲辭家、垂老始返、音雖猶昔、而毛髮摧敗、老憊不堪、已非昔日之人矣。首句已明言回鄉之意、然回鄉二字、卻暗嵌起承句中、隨意借點、泯然無跡、至張祜詠虢國夫人一首：

虢國夫人承主恩、平明騎馬入宮門。
卻嫌脂粉汚顏色、淡掃娥眉朝至尊。
則首句直捷迫出題中四字、不得以罵題目之、李白最擅此法、如早發白帝城之「朝辭白帝彩雲間。」娥眉山月歌之「娥眉山月半輪秋。」黃鶴樓送孟浩然之廣陵曰：「故人西辭黃鶴樓。」等、謂之開門見山、是皆爲明起之例。

錢起歸雁詩：

瀟湘何事等閑回、水碧沙明兩岸苔。
二十五弦彈月夜、不勝淸怨卻飛來。
雁自衡陽而回、卽瀟湘之間也、首句「瀟湘何事等閑回。」雖未明見雁字、而歸雁實已宛若其中。又如李商隱武夷山詩云：

只得流霞酒一盃、空中簫鼓當時迴。
武夷洞裏生毛竹、老盡曾孫更不來。

據陸羽武夷山記所載：「武夷君於八月十五日、置幔亭、化虹橋、通山下村人、是日太極玉皇太姥魏眞人武夷君三座、空告呼村人爲曾孫、令男女分坐會酒肴、須臾樂作、乃命行酒、命彭令昭唱人間可哀之曲。」此詩首句「只得流霞酒一盃。」卽用此事、不得挪移他山言之、隱見題旨、不見題字、是謂暗起。又義山月詩：「過水穿樓觸處明、藏人帶樹遠含情、初生欲缺虛惆悵、未必圓時卽有情。」起句不見月字、而過水穿樓云云、寧非月乎、且全詩以月爲綰轂、而敷辭以爲輻湊、其手法蓋與前作同。

所謂陪起者、首句初不著題、而以景物襯起、如韓翃寒食詩：

春城無處不飛花、寒食東風御柳斜。
日暮漢宮傳蠟燭、輕煙散入五侯家。

首句不言寒食、而言春城飛花、是寫景陪起也。荆楚歲時記曰：「冬節一百五日、卽有疾風甚雨、謂之寒食、禁火三日。」據曆、合在淸明前二日、春已過半、故城內花飛、確是寒食景象、非閒語也。又元稹聞樂天授江州司馬詩：

殘燈無焰影幢幢、此夕聞君謫九江。

垂死病中驚坐起、暗風吹雨入寒窗。

至友左降、卻在燈殘愁慘之夕聞之、益覺悽惻、首句狀當夜之景、微燈無燄、而其影幢幢不明、夜境貧境愁境、都從此七字寫出、使次句應題、更具氣氛、起法與韓翃寒食詩相類。

## 丙、轉　折

絕句之法、多以第三句爲主、而第四句發之、楊載詩法家數曰：「大抵起承二句固難、然不過平直敍述爲佳、從容承之爲是、至如宛轉變化工夫、全在第三句、若于此轉變得好、則第四句如順流之舟矣。」是知轉折之法、乃就所承之意而轉捩言之、倘不能靈活運用、則詞窮義蹙、其不窘於篇幅者幾希。吾人反覆吟詠名家絕句、無不在第三句得力、試觀李白下江陵、王昌齡長信怨、王之渙出塞、王維渭城曲諸作、皆稱此旨、使破格成詩、則氣脈欠暢、不成章法矣。如李白越中覽古詩云：

越王勾踐破吳歸、義士還家盡錦衣。

宮女如花滿春殿、只今惟有鷓鴣飛。

勾踐破吳歸越、義士盡著錦衣、宮女如花、充滿春殿、此以越王之豪華極言之、落句謂只今春殿已爲廢墟、美人盡化塵土、所見惟有鵁鵠低飛而已。細繹全詩、轉折處未能收煞、一氣瀉下、如三峽飛艘、令結語幾成單句、血脈不能貫串。其次如劉夢得傷愚溪詩：

溪水悠悠春自來、草堂無主燕飛回。
隔簾惟見中庭草、一樹山榴依舊開。

此詩爲夢得傷愚溪故友柳子厚之作、起承二句言草堂無主、臺榭零落、春來燕回、元無可奈何之事。三四藉榴草寫其荒涼景象、雖亦意多蕭瑟、終覺語欠綰合、所以然者、亦在轉折處乏力故也、蓋中庭草發、一樹榴開、雖可排比用之、互爲說明、然以篇法論之、似覺脈絡不暢、須易其中一句、使與他句相應、方能氣貫意串、如岑參山房春事一首：

梁園日暮亂飛鴉、極目蕭條三兩家。
庭樹不知人去盡、春來還發舊時花。

此詩感舊而惜梁園之廢也、園廢無人、羣鴉亂棲、極目所望、廬舍盡圮、三四摹寫蕭條景狀、言人已去盡、而庭樹何知哉、春來花發、依舊搖曳於風中耳、夫誰見之、而誰賞之。轉合兩句、歸咎於庭樹之無知、氣脈貫注、使情景愈益蕭條、差較前作爲佳。試看唐人另二絕句：

月落烏啼霜滿天、江楓漁火對愁眠。

姑蘇城外寒山寺、夜半鐘聲到客船。張繼楓橋夜泊。

寒江近戶漫流聲、竹影當窗亂月明。

歸夢不知湖水濶、夜來還到洛陽城。戎昱旅次寄湖南張郎中。

兩詩妙處、皆在轉合句得力、而婉曲回環、刪蕪就簡之工夫、並可於此中盡之。綜上所言、吾人可悟知轉折之法、略有二端、其一爲承上而言、所謂語意皆不絕者、其二爲另起一意、則所謂語絕而意不絕者是也。今試舉數例、以槪其餘。

杜牧秋夕詩云：

銀燭秋光冷畫屏、輕羅小扇撲流螢。

天階夜色涼如水、臥看牽牛織女星。

按此詩乃宮中秋怨也、首句敍宮中之景、著一冷字、可見落莫之況味、次句寫宮女閨情、似未觸動愁怨、第三句承秋夕得意、仍從上文生出、謂夜深矣、君王旣不臨幸、銀河影下、惟有臥看雙星已耳、語意之外、更有難以爲情處。

又如劉方平春怨：

紗窗日落漸黃昏、金屋無人見淚痕。

寂寞宮庭春欲晚、梨花滿地不開門。

紗窗日趖、漸及黃昏、金屋垂淚、無人得見、正是愁寂時候、詩至此處、似已不能再下轉語、蓋上文既言寵歇心怨、則轉處當不可重說愁思、乃更進一層、藉景襯題、言春色欲晚、一庭寂寞、月明花落、獨掩重門、吟之別有一團幽怨之情、類此轉法、亦承上得意者也。

王翰涼州詞云：

葡萄美酒夜光杯、欲飲琵琶馬上催。
醉臥沙場君莫笑、古來征戰幾人回。

葡萄美酒貯於白玉杯中、正欲飲之、可恨誰人竟撩撥鵾絃、聲聲相催、實則酩酊頹倒、亦未爲過也、又何可笑之有、蓋古來沙場征戰之處、無不白骨累累、生還者能有幾人哉。此詩頓挫得法、而得力處仍在第三句轉紐、退一層設想、取勢而逼出末句、使詩情曲折、餘韻悠然、揆其巧訣、乃在轉折處得力也。

轉法有另起一意者、元范德機木天禁語謂之「中斷別意。」大抵前二句就題意泛泛道來、轉句倐地臨空騰起、自題外著筆、或新生一意、或新生一境、而其意則與題旨仍相連屬、如張祜集靈臺詩：

日光斜照集靈臺、紅樹花迎曉露開。
昨夜上皇新受籙、太眞含笑入簾來。

首句明起、點醒題字、承筆實接、以紅樹花開、寫出集靈臺曉景、三句乍自昨夜入筆、言玄宗初籙貴妃姓氏之事、回鋒一轉、另起一意。

杜荀鶴題新雁詩云：

暮天新雁起汀州、紅蓼花疎水國秋。
想得故園今夜月、幾人相憶在江樓。

題既明詠新雁、故起承兩句、純從題字得意、以言紅蓼清波、汀州向暝、新雁飛翔之際、秋聲秋意已蕭然一片、倘轉折之處、仍刻意寫雁、必活中求板、死在句下、於是推開一層、從故園落想、因思故園人之想我、正亦見我之憶故園也、且暮天見月、緣秋興懷、恰能綰合前意、妙到毫巔、最宜學步。

要之、絕句第三句爲全篇樞紐、轉折得體、通首警束、就吾人記憶所及、唐人絕句之膾炙人口者、要皆爲第三四兩句、七言如「羌笛何須怨楊柳、春風不度玉門關。」王之渙出塞「商女不知亡國恨、隔江猶唱後庭花。」杜牧泊秦淮「十年一覺楊州夢、贏得青樓薄倖名。」杜牧遣懷「可憐無定河邊骨、猶是春閨夢裏人。」陳陶隴西行五言如「春草明年綠、王孫歸不歸。」王維送別「欲窮千里目、更上一層樓。」王之渙登鸛雀樓「夕陽無限好、祇是近黃昏。」李商隱登樂遊原「近鄉情更怯、不敢問來人。」李頎渡漢江。例多未能徧舉、然細繹古人佳構、莫非轉句得力、故上述兩端、殆爲詩家金鍼、習者深揣夫此、始可與言轉法也矣。

## 丁、章　法

詩有句法、有章法、夫章法者、卽起承轉合是也。起句破題、渾統言之、次句從容承接、題意始宣、轉句或承上而言、或另起一意、逆順相應、開合相關、倘能得體適要、則結句自無舉足窘步之慮、而四句之間、又須語意綰合、脈絡一貫、方不致見誚於大雅、吾人前旣明引起轉折之法、今乃合四句論之、如王昌齡閨怨一首：

閨中少婦不知愁、春日凝妝上翠樓。
忽見陌頭楊柳色、悔教夫婿覓封侯。

起句言閨婦年輕、不知愁之爲苦、承句寫少婦凝粧、登樓眺望、正是其不知愁處、旣登樓矣、第三句乃轉出新意、言其忽見柳色搖春、牽動離緒、因憶向日徒爲封侯之寵而教夫婿從軍、如今春色盎然、而人難相聚、悔之已無及矣。合處勒到怨字、順理成章、此詩篇法昭彰、絲絲入扣、習者細參此意、思過半矣。雖然、絕詩謀篇之法至繁、固不可以一格囿之、尋其特點、尙有數焉：

## （一）一意蟬聯

春怨　金昌緒

打起黃鶯兒、莫教枝上啼。
啼時驚妾夢、不得到遼西。

詩有二句一意者、有一句一意者、王維詩：「柳條拂地不須折、松柏梢雲從更長、藤花欲暗藏猱子、柏葉初齊養麝香。」有通篇一意者。此詩首次句言黃鶯枝頭囀春、故打之使其飛去、三四句明怯鶯之由、蓋鶯聲破睡、將使妾夢驚斷、不復得留遼西夫君處也、意連句圓、未嘗間斷、摘一句便不成詩矣、白居易王昭君詩：「漢使卻回憑寄語、黃金何日贖蛾眉、君王若問妾顏色、莫道不如宮裏時。」章法圓緊、同此機杼。

## （二）首尾雙鎖

逢入京使　岑參

故園東望路漫漫、雙袖龍鍾淚不乾、
馬上相逢無紙筆、憑君傳語報平安。

詩有題前、又有題後、譬猶山嶽之來龍去脈也、故宜首尾呼應、然後章法井然、此詩起句言東望故園、歸路修遠、次句言以望鄉之故、老淚縱橫、末兩句始轉出題意、謂馬上偶逢、既無紙筆以作書、則惟憑君傳語、以報平安耳。全詩僅轉句正寫、起承句是未逢前一層、落句是旣逢後一層、謂之雙鎖。

### （三）翹首青雲

送狄宗亨　王昌齡

秋在水清山暮蟬、雒陽樹色鳴皋煙。
送君歸去愁不盡、又惜空度涼風天。

通篇設詞立意、皆應起句首字、筆不他顧、謂之翹首青雲。龍標此詩、首句提起秋字、以水、山、蟬、樹色、煙、愁、惜、涼風天應之、而所言情景、恰見秋之所在也。又王績初春：「春來日漸長、醉客喜年光、稍覺池塘好、偏宜酒甕香。」全首以年光、池塘、酒甕應春字、亦正知春來何處矣。

### （四）隔句分應

吐蕃別館中和日寄朝中僚舊　呂溫

清時令節千官會、絕域窮山一病夫。
遙想滿堂歡笑處、幾人似我向東隅。

此詩轉句滿堂歡笑、應首句千官雅聚之盛況、末句慨已之向隅、正應次句絕域窮山之淒涼、隔句承意、謂之分應格。另有各應格、則第二句應第一句、第四句應第三句、上下半首、各自呼應成章、如辛弘智賦詩：「君爲河邊草、逢春心剩生、妾如臺上鏡、得照始分明。」白居易華陽觀中秋夜招友翫月：「人道中秋明月好、欲邀同賞意如何、華陽洞裏秋壇上、今夜秋光此最多。」細味詩意、章法自見。又王昌齡從軍行：「玉門山障幾千里、山北山南總是烽、人依遠戍須看火、馬踏深山不見蹤。」此詩轉句人依遠戍、從上句四山烽煙得意、而馬踏深山、則應玉門千里、此謂之錯應格、以三法同式、故連類及之。

### （五）逐層襯托　清平調　李白

一枝穠艷露凝香、雲雨巫山枉斷腸。
借問漢宮誰得似、可憐飛燕倚新粧。

太白清平調三章、俱以楊貴妃與木芍藥合詠也。此詩首句言木芍藥雖然穠艷、卻不沐明皇實惠、僅能受露凝香而已、此一層襯托法。次句謂楚襄王妄想朝雲暮雨、而終不可得、是枉斷腸耳、又是一層襯托法。轉合兩句統以漢宮擬之、謂宮中有風韻者、惟趙飛燕耳、彼其姿色、尚須倚新粧而後生媚、安能及貴妃之天生麗質乎？另起一意、仍是襯托、全詩側重貴妃、掩抑生姿。

### （六）雙起雙承　清平調　李白

名花傾國兩相歡、常得君王帶笑看。
解釋春風無限恨、沉香亭北倚闌干。

首句中、名花指芍藥、傾國則指貴妃、言兩者俱得君王之歡也、次句側重貴妃、蓋以暫言之、固俱得君王之歡、以常言之、畢竟唯貴妃之艷、常蒙眷顧耳。三四兩句、單說名花、意謂貴妃既幸寵入宮、而名花卻在沉香亭北、夫豈能無恨乎?縱春風多情、亦難釋其無窮之恨、況闌干獨倚、又何其冷落也。此詩首句雙起、次句承傾國、後二句承名花、是雙起雙承法。

（七）就題空翻　春雪　韓愈

新年都未有芳華、二月初驚見草芽。
白雪卻嫌春色晚、故穿庭樹作飛花。

首句從春字著意翻起、爲合句作勢、何等倜儻、次句卽申醒起句、故轉合兩句搏成一氣、輕帆飛鶻、雋快無比、然翻空亦須透意、否則一味炫奇、與題無涉、亦爲詩家所不取。

（八）合筆束題　木蘭花　李商隱

洞庭波冷曉侵雲、日日征帆送遠人。

幾度木蘭舟上望、不知元是此花身。

起寫洞庭冷波侵雲、次言湖濱解維送客、俱與題旨無關、至轉句引出登木蘭舟眺望之意、方略顯端倪、趕至末句盡處、始見題眼、此謂之到頭結穴格、亦謂合筆束題。柳宗元江雪、杜甫江南逢李龜年、章法同此。

以上所論、皆絕句一首之章法、然一題數首、又當合數首爲章法、尋其特點、有由淺入深者、有由反及正者、以七絕言之、如王翰涼州詞孟浩然涼州詞是也、玆據范況詩學通論所載、列之於左：

涼州詞二首王翰

葡萄美酒夜光杯、欲飲琵琶馬上催。
醉臥沙場君莫笑、古來征戰幾人回。其一

秦州花鳥已應闌、塞外風沙猶自寒。
夜聽悲笳折楊柳、教人氣盡憶長安。其二

此由淺入深之章法也。首章言征戰不回、故須痛飲、已見涼州之不堪矣。次章言卽平日未征戰時、塞外風沙、春猶凜冽、涼州蓋無時或堪也、平日習見不覺、夜聽笳聲、忽聞折柳之曲、猛憶此時長安花鳥已應闌、楊柳眞堪折矣、而春光不度玉門關、徒聞此曲耳、然則涼州之不堪、果須征戰乎、二詩先淺後深、言之有序如此。

涼州詞二首孟浩然

渾城紫檀金屑文、作得琵琶聲入雲。

邊地迢迢三萬里、那堪馬上送明君。其一

異方之樂令人悲、羌笛寒笳不用吹。

坐看今夜關山月、愁殺邊城遊俠兒。其二

此由反及正之章法也。夫樂以遣懷、今以如此美材、作爲琵琶、如此妙聲、而愈增明君之痛、則凡戍客羈孤、與明君同遇者、痛應相似矣。由首章言之、若馬上明君之痛、全因琵琶而起、異方之樂、令人悲也、故笛也、笳也、皆異方之樂也。縱使笳笛無聲、而涼州風物、觸目傷情、兼以月照關山、邊愁自起、然則明君之痛、豈眞爲琵琶發哉、蓋言涼州之不堪也。兩章共八句、卻有六句反、止末二句正耳。以上論絕詩章法、大抵如此。

## 戊、彙　評

昔之論詩者衆矣、然其間亦互有得失、今略采其言之尤雅而可爲要約者若干條、繫諸左方、以備考鏡：

絕句固自難、五言尤甚、離首卽尾、離尾卽首、而腰腹亦自不可少、妙在愈小而大、愈促而緩、吾嘗讀維摩經得此法、一丈室中置恆河諸天寶座、丈室不增、諸天不減、又一刹那空作六十小刼、須如是乃得。弇州

顧華玉云：五言絕以調古爲上乘、以情眞爲得體、調古則韻高、情眞則意遠。華玉標此二者、則雄奇俊亮、皆所不貴、論雖稍偏、自是五言絕第一義。胡元瑞

五言絕尙眞切、質多勝文。七言絕尙高華、文多勝質。五言絕昉於兩漢、七言絕起自六朝、源流逈別、體製自殊、至意當含蓄、語務舂容、則二者一律也。胡元瑞

絕句取徑貴深曲、蓋意不可盡、以不盡盡之。正面不寫、寫反面、本面不寫、寫對面、旁面、須如睹影知竿乃妙。劉融齋

以鳥鳴春、以蟲鳴秋、此造物之借端託寓也、絕句之小中見大似之。劉融齋

絕句意法、無論先寬後緊、先緊後寬、總須首尾相銜、開合盡變、至其妙用、惟在借端託寓而已。劉融齋

五絕七絕、作法略同、而七絕言情、出韻較五絕爲易、蓋每句多兩字、則轉折不迫促也。峴傭說詩、下同。

七絕亦切忌用剛筆、剛則不韻、卽邊塞之作、亦須斂於柔、使雄健之章、亦饒頓

挫、乃不落粗豪。

七絕固可將七律隨意截、然截後半首、一二對、三四散、易出風韻、截前半首、一二散、三四對、易致板滯、截中二聯、更板、截前後、通首不對、易虛、此在學者會心耳。

七絕用意、宜在第三句、第四句只作推宕、或作指點、則神韻自出、若用意在第四句、便易盡矣。

若一二句用意、三四句全作推宕、作指點、又易空滑、故第三句是轉柁處、求之古人、雖不盡合、然法莫善於此也。

# 第八章　論律詩謀篇

文之精者爲詩、詩之精者爲律、昔王元美有云：「七字爲句、字皆調美、八句爲篇、句皆穩暢、雖復盛唐、殆不數人、人不數首。」而劉體仁亦云：「七律如開七札強弓、古今來能開之至滿者、恰無幾人。」杜少陵亦嘗有「老去漸於詩律細」之語、可知詩律云者、非淺人所能妄測也。唐音癸籤引胡元瑞之言曰：「七言律聲長語縱、體既近靡、字櫛句聯、格尤易下、材富力強、猶或難之、淸空文弱、可登此壇乎。」昭昧詹言曰：「七律束於八句之中、以短篇而須具縱橫奇恣、開闔陰陽之勢、而又必起結轉折、章法規矩井然、所以爲難。」於律詩之難易、已示其略、雖然、詩中自有成法、律細卽精、初學未工、或動多空礙、苦遭束縛、至其神情傳合、渾融疎秀、能者固優爲之也。玆篇之作、於律詩諸法、次第剖析、以爲雍容涵泳之助者、然均以實用爲主、不以繁富相矜也。

## 甲、格　法

謀篇之始、極費經營、愧畏既生、自難輕肆、姜白石云：「作大篇尤當布置、首尾停勻、腰腹肥滿、多見人前面有餘、後面不足、前面極工、後面草草、不可不知也。」陳衍石遺室詩話亦曰：「詩要處處有意、處處有結構、固矣、然有刻意之意、有隨意之意、有結構之結構、有不結構之結構、譬如造一大園亭然、亭臺樓閣、全要人工結構矣、而疏密相間中、其空處不盡有結構也、然此處何以要疏、何以要空、卽是不結構之結構、作詩亦然、一篇中某處某處、要刻意經營、其餘有只要隨手抒寫者、有不妨隨意所向者。」比皆足以發人宿悟。至於律詩之規式、滄浪詩話曰：「有頷聯、有頸聯、有發端、有落句。」按發端亦稱破題、卽起首二句、頷聯卽三四兩句、頸聯又稱腹聯、卽五六兩句、落句卽結句也。元楊載詩法家數分此四者爲起承轉合、並論其格法、其言曰：

破題　或對景興起、或比起、或引事起、或就題起、要突兀高遠、如狂風捲浪、勢欲滔天。

頷聯　或寫意、或寫景、或書事、用事、引證、此聯要接破題、要如驪龍之珠、抱而不脫。

腹聯　或寫意、寫景、書事、用事、引證、與前聯之意相應相避、要變化、如疾雷破山、觀者驚愕。

結句　或就題結、或開一步、或繳前聯之意、或用事、必放一句作散場、如剡溪之棹、自去自回、言有盡而意無窮。

其中雖不乏故神其辭處、惟所述語簡適要、條貫有序、亦足爲詩中之圭臬也、故樂爲記之、以備考覽。

大抵律詩起筆貴沈厚突兀、峯勢鎭壓、涵蓋通篇體勢、如王摩詰之觀獵詩云：「風勁角弓鳴、將軍獵渭城。」倒戟而入、筆勢軒昂、又如杜工部之秦州雜詩云：「莽莽萬重山、孤城山谷間。」送遠云：「帶甲滿天地、胡爲君遠行」。岑嘉州之「送客飛鳥外、城頭最高樓。」王摩詰之「天官動將星、漢地柳條青」等篇。直疑高山墜石、不知其來、皆世之峻嶒者、舉此可以類推。

頷聯承意、須緊接首聯、兩句貴勻稱、既承上斗峭而來、宜緩服赴之、如王績野望之前四句云；

東皋薄暮望、徙倚欲何依。

樹樹皆秋色、山山唯落暉。

首句以東皋薄暮寫望之時候、次句寫望之神情、望必倚着一處、今云徙倚、是身子常移動不定、身不得自主、故又云欲何依。頷聯兩句寫望中之所見、樹上秋色、山中落暉、承上東皋薄暮四字。樹樹、見樹之密、山山、見山之多、則知眺望非倚一處、承上望徙倚欲何依六字、絲絲入扣、如驪龍護其頷下之珠、抱而不脫也。

腹聯必聳然挺拔、別開一境、與承句雖不相連、而氣脈實要貫通、且須爲合句占地步。腹聯與頷聯、宜先調配停勻、始見佳章、蓋律詩八句、首尾是散、氣爲單行、中腹兩聯是整、氣則雙行、故須善用排偶之勢、洞悉奇正情景之變、夫奇正之用、如用兵然、正者列陣作戰、奇者設伏突襲、以詩句爲例：「三山半落青天外、二水中分白鷺洲。」正也。「一條雪浪吼巫峽、千里火雲燒益州。」奇也。「桃李春風一杯酒、江湖夜雨十年燈。」正也。「水天漠漠鳥雙去、風雨時時龍一吟。」奇也。二者互爲跌宕、能盡篇翰之妙、惟奇聯猶烏合之兵、善爲運用、則拔幟背水之軍、破釜沉舟之師、固皆可以斬將搴旗也、否則如赤眉綠林之衆、徒見覆亡潰敗已耳。至論情景、王靜安嘗曰：「詩人對於宇宙人生、要能『入乎其內、出乎其外。』」所謂「入乎其內」即抒寫感情、「出乎其外」即外觀事務。前者爲情、後者爲景、作詩固不外情景兩端而已。然神於詩者、則能景中有情、情中有景、如「長安一片月」、自然是孤棲遠憶之情、「詩成珠玉在揮毫。」又恰寫出才人翰墨淋漓、自心欣賞之景也。律詩中腹兩聯、最宜安排一情一景、迭用虛實、倘使六句言景、止結二句言情、雖豐碩、往往失之繁雜、吳騫拜經樓詩話曰：「律詩中二聯、往往一聯寫情、一聯寫景、情聯多活、活則神氣生動、景聯多板、板則格法端詳、此一定之法、亦自然之文也。」惟寫景寫情、不宜相礙、否則詞氣不貫矣。是知兩聯須互爲賓主、虛實相生、始避複沓、而並臻高妙、例如寫景之作、在景中寓情、則景爲主、是實、情爲賓、是虛。抒情之作、在情中寓景、則情爲主、是實、景爲賓、是虛。試以杜少陵七律二首爲例：

花近高樓傷客心、萬方多難此登臨。
錦江春色來天地、玉壘浮雲變古今。
北極朝廷終不改、西山寇盜莫相侵。
可憐後主還祠廟、日暮聊爲梁父吟。登樓

兵戈飄泊老萊衣、太息人間萬事非。
我已無家尋弟妹、君今何處訪庭闈。
黃牛峽靜灘聲轉、白馬江寒樹影稀。
此別應須各努力、故鄉猶恐未同歸。送韓十四江東省親。

前一首爲寫景之作、以景象爲主、而情致輔之、後一首爲抒情之作、以情致爲主、而景象輔之。錦江春色一聯、緊接登樓以下、是登樓之所見、北極朝廷一聯、則係由登樓生出之感慨、前實而後虛也。我已無家兩句、由送友人而生出許多情愫、再由此而寫飄泊之地、灘聲樹影、皆入吟邊、前實而後虛也。五律除句法與七律不同外、其頷腹兩聯之安排、則並無二致、胡元瑞曰：「五言律體、前起後結、中四句二言景、二言情、此通例也。」老杜詩：「天高雲去近、江迥月來遲、衰謝多拙病、招邀屢有期。」上聯景、下聯情、「身無卻少壯、跡有但羈栖、江水流城郭、春風入鼓鼙。」則上聯情、下聯景矣、細繹諸例、必有悟入。

一詩之結處謂之合、須如風迴氣聚、淵水含蓄、或放開一步、或宕出遠神、或本位收住、要皆言有盡而意無窮、方是高格、沈德潛說詩晬語、嘗就此三者舉例言之、謂張燕公「不作邊城將、誰知恩遇深。」就夜飲收住也。王右丞「君問窮通理、漁歌入浦深。」從解彈琴宕出遠神也。杜工部「何當擊凡馬、毛血灑平蕪。」由畫鷹說到眞馬、放開一步也、皆就上文體勢行之。大抵律詩結句、最忌淺近浮佻、隨題敷衍、蓋若是則詞意俱盡、了無足觀矣、全唐詩話記載上官婉兒昆明池選詩一節、可供吾人參鏡、其文曰：

中宗正月晦日、幸昆明池賦詩、羣臣應制百餘篇、帳殿前結綵樓、命昭容選一篇爲新翻御製曲、從臣悉集其下、須臾紙落如飛、各認其名而懷之、既退、惟沈宋二詩不下、移時一紙飛墮、競取而觀、乃沈詩也、及聞其評曰：「二詩工力悉敵、沈詩落句云：『微臣雕朽質、羞睹豫章才。』蓋詞氣已竭、宋詩云：『不愁明月盡、自有夜珠來。』猶陡健豪舉、沈乃伏、不敢復爭。

沈佺期詩結處實說、隨題敷衍、故詞意兩竭、宋之問詩以景收束、別出一層、補完題蘊、詞盡意遠、尤稱健舉、結句之法、於此足以盡之。

要之、律詩祇八句、不得有羨餘、亦不得不足、手寫此聯、眼注彼聯、自覺減少不得、增多不得、若可任意增損、則於律之名義、相去遠矣、故鍊字鍊意、皆貴精警、劉昭禹曰：「五言如四十個賢人、著一字屠沽輩不得。」胡元瑞曰：「五十六字之中、意若貫珠、言如合璧、其貫珠也、如夜光走盤、而不失廻旋曲折之妙、其合璧也、如玉匣有蓋、而絕無參差扭揑之痕。」兩喻皆能曲筆達意、習者宜於此細參、可悟律詩活法。

## 乙、相　題

命意裁篇、首宜相題、詩人玉屑引室中語云：「凡作詩須命終篇之意。」此卽相題之謂也、是知作詩、宜統籌全局、然後下筆。第詩之有題、在使作者可因之以發意、非以題為詩之限域也、若斤斤於題目之範疇、硜硜於題意之墨守、而以爲是卽切題者、則已落死法矣。以下摘錄楊載詩法家數所論、並略舉數例、以示隅反、吾人斟酌其法、用資參驗則可、倘體規畫圓、准方作矩、則必泯滅情性、為其所囿、徒貽笑於大方耳。

登臨題

登臨之詩、不過感今懷古、寫景歎時、思國懷鄉、瀟洒遊適、或譏刺歸美、有一定之法律也、中間宜寫四面所見山川之景、庶幾不動。第一聯指所題之處、宜敍說起。第二聯合用景物實說。第三聯合說人事、或感歎古今、或議論、卻不可用硬事、或前聯先說事感歎、則此聯寫景亦可、但不可兩聯相同。第四聯就題主意發感慨、繳前二句、或說何時再來。

登岳陽樓　杜甫

昔聞洞庭水、今上岳陽樓。
吳楚東南坼、乾坤日夜浮。
親朋無一字、老病有孤舟。
戎馬關山北、憑軒涕泗流。

贈別題

贈別之詩、常寫不忍之情、方見襟懷之厚、然亦有數等、如別征戍、則寫壯懷、而勉之努力效忠。送人遠遊、則寫依戀之情、而勉之及時早回。送人仕官、則寫欣喜、而勉之憂國恤民。凡送人多託酒以將意、寫一時之景以興懷、寓相勉之詞以致意。第一聯敍題意起、頷聯合說人事、或敍別、或議論、腹聯合說景、或帶思慕之情、或說事。第四聯合說何日再會、或囑咐、或期望、於中二聯或倒亂前說亦可、但不可重複、須要次第、末句尤須有規警意味、淵永爲佳。

盩厔縣鄭礒宅送錢大　　郎士元

暮蟬不可聽、落葉豈堪聞。
共是悲秋客、那知此路分。
荒城背流水、遠雁入寒雲。
陶令門前水、餘花可贈君。

咏物題

詠物之詩、要託物以伸意、要二句詠狀寫生、忌極雕巧。首聯須合直說題目、明白物之出處方是。第二聯合詠物之體。第三聯合說物之用、或說意、或議論、或說人事、或用事、或將外物體證。第四聯就題外生意、或就本意結之。

花鴨　　杜甫

花鴨無泥滓、階前每緩行。
羽毛知獨立、黑白太分明。
不覺羣心妒、休牽衆眼驚。

稻粱霑汝在、作意莫先鳴。

賡和題

賡和之詩、當觀元詩之意如何、以其意和之、則更新奇。要造一兩句雄健壯麗之語、方能壓到元白、若又隨元詩腳下、則無光彩、不足觀。其結句當歸著其人方得體、有就中聯歸著者亦可。

酬郭十五判官　杜甫

才微歲老尚虛名、臥病江湖春復生。
藥裹關心詩總廢、花枝照眼句還成。
只同燕石能星隕、自得隋珠覺夜明。
喬口橘洲風浪促、繫帆何惜片時程。

此據來詩和意、逐句酬答也、郭受原唱曰：「新詩海內流傳遍、舊德朝中屬望勞。郡邑地卑饒霧雨、江湖天濶足風濤。松醪酒熟旁看醉、蓮葉舟輕自學操。春興不知凡幾首、衡陽紙價頓能高。」杜則首句酬舊德、次句酬江湖、三四酬新詩春興、五六酬衡陽紙貴、七八酬天濶風濤及蓮葉操舟。

## 丙、章　法

律詩章法、自莫外起承轉合四端、前已論之詳矣、惟其間伏應轉接、開闔變化、固又不必盡爲成法所囿也。大抵律詩成篇、宜處處打得通、又宜處處跳得起、蓋打得通、則脈絡一貫也、跳得起、則活潑而得勢也、要如草蛇灰線、生龍活虎、使兩者兼備、始稱高品。況詩以意爲主、主意拏定、則首尾中間、如何布置、如何行我之筆、皆可任我爲之、劉融齋詩概曰：「律詩主意拏得定、則開闔變化、惟我所爲、少陵得力在此。」熟吟杜律、則知此語之不我欺也。

向者論律詩章法者、殆以夏敬觀所著之詩概詮說、與吳旦生歷代詩話所收之杜甫律詩法最爲詳盡、兩書皆錄古人詩篇以相引證、頗足發人宿悟、故樂於爲之簡介於後。

詩概云：「起有分合緩急、收有虛實順逆、對有反正平串、接有遠近曲直、欲窮律法之變、必先於此求之。」夏敬觀釋之曰：「一詩旣拏定主意、在首二句中、即將主意提出、急也、主句在中、緩也。其主意分作兩句出之、分也、一句出之、合也。收句非可脫離主意、虛收之、似脫非脫也、實收之、則回應主意、順收之、則二句順下、如流水句、逆收之、則二句倒挽。反對、以反面對正面也、正對、以正面對正面也。平對、則無反正可言、二句平列、串對、則二句相合爲一意、亦謂之流水對。遠接、緊接之處不接、而隔一二句、其意乃接也。近接、卽連句相接、下聯之首句與上聯第二句相接、亦爲近接。曲接、別出一意、而迂曲以接之也、直接、卽挺接。此文法、在散文中不盡有之、蓋取法於駢文者。」夏敬觀並擇少陵詩十餘篇、依劉氏所舉各條、粗爲詮解、或亦爲學詩之一助也。玆選錄數首、以著其槪。

江村

清江一曲抱村流、長夏江村事事幽。
自去自來堂上燕、相親相愛水中鷗。
老妻畫紙爲棋局、稚子敲針作釣鈎。
多病所須唯藥物、微軀此外復何求。

一二句合起、事事幽、伏下意、二聯平對挺接、是幽景。三聯平對、是幽事、皆應事事幽之意。第二聯寬遠、第三聯緊逼、在此章法中、極其停勻、前六句皆爲末二句之意而設、乃是逆收。此論章法、是前六句開、後二句合、亦卽前張後歛之法。

南鄰

錦里先生烏角巾、園收芋栗未全貧。

慣看賓客兒童喜、得食階除鳥雀馴。
秋水纔深四五尺、野航恰受兩三人。
白沙翠竹江村暮、相對柴門月色新。

題是南鄰、至收句始點出柴門相對、是主句在結也。起二句紆徐而來、是緩起、第二聯近接第二句、第三聯串對、別出一意、曲接而緩縮之、第七句近接第三聯、第八句以起爲收、在章法爲倒挽。

聞官軍收河南河北

劍外忽傳收薊北、初聞涕淚滿衣裳。
卻看妻子愁何在、漫卷詩書喜欲狂。
白日放歌須縱酒、青春作伴好還鄉。
卽從巴峽穿巫峽、便下襄陽向洛陽。

急起也、第二聯近接第二句、一提一頓、以愁喜應涕淚之伏、第五句近接第四句、第六句遠接第三句、第七八句串對、不類收句、而六句補收意、此詩章法變換、極爲明顯。

送路六侍御入朝

童稚情親四十年、中間消息兩茫然。

更爲後會知何地、忽漫相逢是別筵。
不分桃花紅勝錦、生憎柳絮白於棉。
劍南春色還無賴、解忤愁人到酒邊。

題是送別、而第三四句始出題意、緩起也。起亦得勢、亦爲主句在中　看此聯對偶、何等活動、何等力量、且忽漫相逢是應、消息茫然是伏、「更爲後會知何地」作上句、「勿漫相逢是別筵」作下句、又是倒挽法、亦是串對。第三聯挺接、是平對、且別出一意、不與上近接、乃曲接、又卽揷縮法、而以第七句接第三聯、力量全在下一還字、以應不分生憎等意、以收句應第四句、而虛收之、此詩作法、可謂開闔盡變矣。

涪城縣香積寺官閣

寺下春江深不流、山腰官閣迥添愁。
含風翠壁孤雲細、背日丹楓萬木稠。
小院迴廊春寂寂、浴鳧飛鷺晚悠悠。
諸天合在藤蘿外、昏黑應須到上頭。

一二句分起、二聯平對、直接、第五句應第二句官閣、迥添愁是伏、春寂寂是應、第六句接第一句、深不流是伏、晚悠悠是應、亦遠合近離法。第七句接第二聯、而又一提一頓、第八句、仍收到官閣、是實收、論章法是順敍。

野人送櫻桃

西蜀櫻桃也自紅、野人相贈滿筠籠。
數回細寫愁仍破、萬顆勻圓訝許同。
憶昨賜霑門下省、退朝擎出大明宮。
金盤玉筯無消息、此日嘗新任轉蓬。

此急起也、第二聯上句是隱、下句是見、第三聯串對挺接、第七句遠接第三句、近接上聯、乃是主句、第八句實接、迴應起句、起句之也自紅是伏。

歷代詩話所載之律詩法、爲杜甫門人吳成、鄒遂、王恭所編次、於工部詩律之精絜處、抉微闡幽、足爲後世法、其例繁夥、不遑徧舉、玆引其淺而易解者若干首、列之於後、以示一斑。

閣夜 前實後虛格

歲暮陰陽催短景、天涯霜雪霽寒宵。(此言實景、以起第二聯也。)
五更鼓角聲悲壯、三峽星河影動搖。(雪霽則鼓角聲悲壯、三峽星河、應寒宵、此四句言景。)
野哭千家聞戰伐、胡歌幾處起漁樵。(此以歲暮人事言之。)

臥龍躍馬終黃土、人事音書漫寂寥。（因歲暮而感臥龍躍馬、富貴已空、歎己之不遇、證末聯人事音書久寂寥者也。）

秋夜 連珠格

露下天高秋氣清、空山獨夜旅魂驚。（吳氏曰、此詩前後四句各意、然細看之、則空山秋氣獨宿、實行乎其中。）
疏鐙自照孤帷宿、新月猶懸雙杵鳴。（上句見獨宿、下句見秋氣。）
南菊再逢人已老、北書不至雁無情。（上句甫自歎之意、猶見獨宿、下句結憶舊之意、猶見秋天。）
步檐倚杖看牛斗、銀漢遙應接鳳城。（上句接自歎、下句結憶舊。）

吹笛 應句格

吹笛秋山風月清、誰家巧作斷腸聲。（王氏曰、此二句一篇之主、明出風月二字、以貫二聯、誰家二字、以貫三聯、此正局也。）
風飄律呂相和切、月傍關山幾處明。（此應起聯第一句也。）
胡騎中宵堪北走、武陵一曲想南征。（此應起聯第二句也。）
故園楊柳今搖落、何得愁中卻盡生。（此總結上六句、曲名折楊柳。）

詠懷古跡其一 結上生下格

支離東北風塵際、飄泊西南天地間。
（吳氏曰、支離其神於東北風塵之際、飄泊其身於西南天地之間、則其所懷爲何如也、故其身在西南、而神則遊於東北、此二句詠懷、以起第三聯也。）
三峽樓臺淹日月、五溪衣服共雲山。
（三峽、指東北而言、五溪、指西南而言、淹日月、共雲山、非懷而何、此言又指古跡。）
蠻方事主終無賴、詞客哀時且未還。
（王氏曰、五谿、即蠻方也、詞客、指庾信也、此聯言蠻方事主、以結上四句之意、詞客哀時、以生結句之意、所謂古跡也。）
庾信平生最蕭瑟、暮年詩賦動江關。

詠懷古跡其三牙鎖格

羣山萬壑赴荆門、生長明妃尚有村。
（王氏曰、荆門舊有明妃村、吳氏曰、此專言明妃事也。）
一去紫臺連朔漠、獨留青塚向黃昏。
（上句起第三聯上句、下句起三聯下句、紫臺、漢宮名、言明妃入漢宮、而後嫁於遠、而卒死於遠也。）
畫圖省識春風面、環佩空歸夜月魂。
（上句承三聯上句而言、明妃去矣、惟見畫圖、下句承二聯下句而言、明妃死矣、惟於月下想其魂之歸也、惟其去紫臺、所以有畫圖可省、惟其有家、所以歸夜月之魂、交互曲折、各盡其妙耳。）

千載琵琶作胡語、分明哀怨曲中論。（此結起句、以終其意。）

登高句應句格

風急天高猿嘯哀、渚清沙白鳥飛廻。（此上句起二聯上句、言山中所見景物、下句起二聯下句、言江中所見景物。）

無邊落木蕭蕭下、不盡長江滾滾來。（應起聯登高而言此者、蓋俯視之也、前四句以景物言。）

萬里悲秋長作客、百年多病獨登臺。（上句起後聯上句、下句起後聯下句。）

艱難苦恨繁霜鬢、潦倒新亭濁酒杯。（結此二句、應上二句、後四句以人事言。）

以上所論律詩章法、皆就單篇而言之耳、至其一題數首者、亦當合數首爲起合、如杜子美律詩有從二首以至八首廿首者、分之則首首獨立、合之則處處相通、如讀宏文、波瀾壯濶、試以秋興八首爲例：

玉樹凋傷楓樹林、巫山巫峽氣蕭森。

江間波浪兼天湧、塞上風雲接地陰。

叢菊兩開他日淚、孤舟一繫故園心。

寒衣處處催刀尺、白帝城高急暮砧。其一

夔府孤城落日斜、每依北斗望京華。
聽猿實下三聲淚、奉使虛隨八月槎。
畫省香爐違伏枕、山樓粉堞隱悲笳。
請看石上藤蘿月、已映洲前蘆荻花。其二
千家山郭靜朝暉、日日江樓坐翠微。
信宿漁人還泛泛、清秋燕子故飛飛。
匡衡抗疏功名薄、劉向傳經心事違。
同學少年多不賤、五陵裘馬自輕肥。其三
聞道長安似奕棋、百年世事不勝悲。
王侯第宅皆新主、文武衣冠異昔時。
直北關山金鼓震、征西車馬羽書馳。
魚龍寂寞秋江冷、故國平居有所思。其四
蓬萊宮闕對南山、承露金莖霄漢間。
西望瑤池降王母、東來紫氣滿函關。
雲移雉尾開宮扇、月繞龍鱗識聖顏。

一臥滄江驚歲晚、幾回青瑣點朝班。其五
瞿塘峽口曲江頭、萬里風煙接素秋。
花蕚夾城通御氣、芙蓉小苑入邊愁。
珠簾繡柱圍黃鵠、錦纜牙檣起白鷗。
回首可憐歌舞地、秦中自古帝王州。其六
昆明池水漢時功、武帝旌旗在眼中。
織女機絲虛夜月、石鯨鱗甲動秋風。
波漂菰米沉雲黑、露冷蓮房墜粉紅。
關塞極天唯鳥道、江湖滿地一漁翁。其七
昆吾御宿自逶迤、紫閣峯陰入渼陂。
香稻啄殘鸚鵡粒、碧梧棲老鳳凰枝。
佳人拾翠春相問、仙侶同舟晚更移。
綵筆昔曾干氣象、白頭吟望苦低垂。其八

王恭云：「秋興一題、分作前三章、後五章、以夔州、長安自是二事、此其綱目也、八章之分、則有各命一題以起興、觀諸興聯可見矣。」吳成云：「四章總言長安、五章言蓬萊、六章言曲江、七章言昆明、八章言昆吾御宿等景、雖體制不同、而末聯悉歸己意、蓋不知此、則無以見其自夔州而思長安、因秋之日、託物起興也、讀之使人自健羡。」仇兆鰲謂：「上四因秋託興、下四觸景傷情。」方東樹則云：「前三首言己所在夔州本地、其下五首皆思長安、而第四首爲長安總冒。」諸家評隲秋興一題、所見不甚逕庭、皆以八首自有起合之法也。近人范況在詩學通論中、更綜覽衆說、發爲宏論、其言曰：「杜甫七律、當以秋興爲裘領、乃一生心神結聚之作也。前三首、詳夔州而略長安、後五首、詳長安而略夔州、此次第秩然之足法也。後五首、以瞿塘一首爲樞紐、承上長安蓬萊二首、先宮殿而後池苑、下繼昆明昆吾二首、先內苑而及城外、上下四首、皆前六句長安、後二句夔州、此首在中間、首句從瞿塘引端、下六句則專言長安事、此章法變化之足法也。……此詩之章法極佳、不獨後五首聯絡一氣、八首實是一篇文字、八首中又各自開闔、分之則爲八首、合之則爲一首、第一首發興四句、便影時事、具喪亂凋殘景象、後四句、乃其悲秋心事、此一首便包括後七首、而故園心、乃畫龍點睛處。至四章故國思、讀者當另着眼、易家爲國、其意甚遠、後面四章、又包括於其中、如人生之荒淫、盛衰之起伏、景物之繁華、人情之佚豫、皆能召亂、平居思之、已非一日、今漂泊於此、止有頭白低垂而已。」少陵秋興八首、其首尾結積、精美完整如此、此其所以爲詩中之掣鯨手也。

# 曾跋

予聞善詩者、必有眞性情、形諸言行、必有拓落琦瑰、足爲心儀者存焉。夢機者、亂世中拓落奇士也、予善之蓋七年矣。初、聞其詩名、而觀其人、則魁梧疏宕、常着運動裝、去來如風。及就請問詩、從容就詩法一一陳明之、須臾卒事、而予向之所疑、渙然冰釋矣。

夢機好客、無論淸濁、皆納交焉、而肝膽友爲多。常肆遊燕市、雖散盡阮囊、猶春衫換酒。與客促膝、則每有夜半敲門、而不覺晨雞已唱。與朋友交、常能急人之難、而平居衣履缺然、不悔也。唯是悠然詩思、亦由此暫生、甕旁燈下、好句盈然。每一詩成、率奇瘦如秋、不與市井熟爛詩人同調也。是知夢機遊溷濁之中、而不將不迎、不知者以爲疏放、相契者乃知其有所不爲也。

夢機學詩十載、轉益多師、而得漁叔夫子者爲多。通悟之餘、常憫詩道將廢、後之學者、或從之莫由、遂志傳道、發其胸羅、筆爲玆篇。書成、墨瀋鮮麗、辭采爛然、居然可喜之作也。予爲校讀一過、深感其於歷代詩話、誠有去浮濫、屛穿鑿、歸於條理之功、至偶然發論、皆如珠玉、初學者殊足以爲法式也。而慮讀其書者、不知其人、將硜硜然唯法是從、乃不知一言一論、皆淵源有自、表裏相和、斯大家之風焉。因於篇末、勉述其人、以爲讀是書者助。

己酉孟秋　曾昭旭跋

# 本文重要參考書目


歷代詩話　何文煥訂

續歷代詩話　丁福保訂

清詩話　丁福保訂

苕溪漁隱叢話　胡　仔撰

竹垞詩話　朱竹垞著

甌北詩話　趙　翼著

詩人玉屑　魏慶之編

昭昧詹言　方東樹著

唐音癸籤　胡震亨著

香祖筆記　王士禎著

隨園詩話　袁子才撰

風簾客話　李漁叔著

詩詞散論　繆　鉞著

石遺室詩話　陳　衍著

紀批瀛奎律髓　紀曉嵐批點

歷代詩話　吳景旭撰

文心雕龍　劉　勰著

杜詩鏡詮　楊　倫註

古唐詩合解　王翼雲註

山谷內集註　任　淵註

後山詩註補箋　冒廣生箋

唐才子詩　金聖歎選批

說詩樂趣類編　伍涵芬著

魚千里齋隨筆　李漁叔撰

文學概論　王夢鷗著

唐詩三百首註疏　章　燮註

中華詩學叢論　張作梅輯
古書修辭例　張文治編
談藝錄　錢鍾書著
詩學指南　謝无量編
詩學研究講義　李漁叔撰
詩選講義　巴壺天輯
字句鍛鍊法　黃永武著
中國詩學大綱　楊鴻烈著
中國詩學通論　范　況著
文章邇言　張　嚴著
杜工部詩話集錦　魯質軒輯
實用國文修辭學　金兆梓編
劉融齋詩概詮說　夏敬觀撰
中國文學欣賞舉隅　傅庚生著
益智仁室論詩隨筆　何敬羣著

中華語文叢書

# 近體詩發凡

1912


作　　者／張夢機 著

主　　編／劉郁君

美術編輯／鍾　玟

出 版 者／中華書局

發 行 人／張敏君

副總經理／陳又齊

行銷經理／王新君

地　　址／11494 台北市內湖區舊宗路二段181巷8號5樓

客服專線／02-8797-8396　　傳　　真／02-8797-8909

網　　址／www.chunghwabook.com.tw

匯款帳號／華南商業銀行　西湖分行

179-10-002693-1　中華書局股份有限公司

法律顧問／安侯法律事務所

製版印刷／維中科技有限公司　海瑞印刷品有限公司

出版日期／2018年7月五版

版本備註／據1984年5月四版復刻重製

定　　價／NTD 250

國家圖書館出版品預行編目（CIP）資料

近體詩發凡 / 張夢機著. — 五版. — 臺北市:
中華書局, 2018.07
面 ;　公分. —（中華語文叢書）
ISBN 978-957-8595-48-4(平裝)

1.近體詩 2.中國詩 3.詩評

821.88　　107008009





*NO.H2048*

*ISBN 978-957-8595-48-4*（平裝）